窄／门

李曙白／著

ZHEJIANG UNIVERSITY PRESS
浙江大学出版社
·杭州·

图书在版编目（CIP）数据

窄门 / 李曙白著. -- 杭州：浙江大学出版社，
2024.1
　（李曙白集）
　ISBN 978-7-308-24322-3

　Ⅰ. ①窄… Ⅱ. ①李… Ⅲ. ①诗集－中国－当代
Ⅳ. ①I227

中国国家版本馆CIP数据核字(2023)第202106号

窄　门

李曙白　著

责任编辑	闻晓虹	
责任校对	张培洁	
封面设计	项梦怡	
出版发行	浙江大学出版社	
	（杭州市天目山路148号　　邮政编码　310007）	
	（网址：http://www.zjupress.com）	
排　　版	杭州林智广告有限公司	
印　　刷	杭州宏雅印刷有限公司	
开　　本	880mm×1230mm　1/32	
印　　张	13.375	
插　　页	4	
字　　数	225千	
版 印 次	2024年1月第1版　2024年1月第1次印刷	
书　　号	ISBN 978-7-308-24322-3	
定　　价	76.00元	

浙江大学出版社市场运营中心联系方式：0571-88925591；http://zjdxcbs.tmall.com

李曙白在某诗歌讨论会上（2014 年 5 月，卢绍庆摄）

李曙白（右）与父亲沙白、母亲顾婉芬（1999 年 4 月，杭州西湖）

李曙白与妻子李影（1983 年 5 月，杭州）

银杏树下的李曙白（2021 年 11 月，浙江大学紫金港校区）

病中的李曙白与妻子、女儿
（2022 年 6 月，浙一医院）

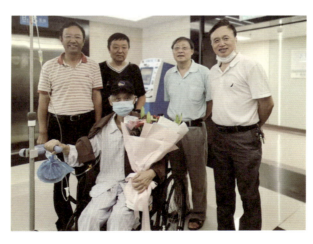

李曙白（中坐者）与大学同班同学郑继德（左一）、金一中（左二）、胡望民（右二）、姚善泾（右一）（2022 年 7 月，浙一医院）

李曙白（左）与刘东（2022年3月，浙江大学中西书院）

李曙白（中）与学生马越波（右）、郑勇（左）（2021年7月，杭州家中）

李曙白（左）与《诗建设》出资人、诗人黄纪云（2013 年 11 月，杭州）

《诗建设》编委李曙白（左一）、飞廉（左二）、泉子（中）、江离（右二）、
胡人（右一）（2019 年 6 月，杭州紫藤茶馆）

"穿过黑夜——李曙白诗歌朗诵会"合影（2022 年 8 月，杭州君悦酒店）

李曙白诗集书影

［上排左起：《穿过雨季》（1995）、《大野》（2004）、《夜行列车》（2014）；
下排左起：《沉默与智慧》（2018）、《临水报告厅》（2018）、《李曙白诗选》
（自印，2022）］

我从曙白诗中读到的

我们的学生时代都在写诗，可很少有人能像李曙白这样，始终如一地坚持到了最后，甚至是生命的最后一刻。这当然出自他由衷的喜欢，可话说回来，爱好本身也是需要培养的，由此而九九归一，这在很大程度上还是因为，从诗人沙白到诗人李曙白，构成了一种新的家学传统，甚至是那种发生在父与子之间的、屠格涅夫意义上的对话。

另一层潜在的关系则是，从李曙白的诗歌中能看出，他跟中国传统的对话并不多，要说其中也有中国传统的影子，那恐怕主要也是透过父亲的影响。

> 斜靠在那张旧藤椅上
> 这是父亲习惯的姿势
> 在我的记忆中他以这个姿势
> 读了大半辈子的书
> 读王维和艾青
> 读普希金和朗费罗
>
> 现在　父亲读我的诗集
> 他读得很仔细
> 一页一页地翻过

偶尔停下来　　抬一抬手
好像要把什么东西赶走
老花眼镜的镜片后面
一双目光像灼烫的火钳

我悄悄地离开
那一刻我觉得自己就是一个
走进医院因为害怕打针
又悄悄带着病历逃走的孩子
我已经六十九岁了
但是我从来都不知道
该如何与父亲相处

我把父亲和我的诗集
留在屋内　　留在他的藤椅上
留在从落地玻璃窗
斜照下来的薄薄的光芒中

（《父亲读我的诗集》）

　　曙白当年曾经对我讲过，自己本是浙大化工系出身，如果不是因为创作诗歌这一特长，被学校留下来编辑校刊，原可以出去当总工程师乃至厂长。
　　可以说，他终究选择了自己喜欢的；只不过，从诗中又可以隐约读到，这种选择对他而言，却说不清到底属于必然，还是偶然。

回到乡间　在一座老屋中
坐下　谷子金黄
秋天在窗户外面波动

这时候还有人出门
渐行渐远　身影像一叶帆
从波浪间侧身而过

有一些东西是你的
也有一些东西
其实你从来都不曾拥有

十一月是谦卑的一月
一阵风过去　大地
像一只空水碗一样安静

（《侧身而过》）

日子就这样过去了，而之所以能这样随遇而安，首先是因为曙白的天性，他是如此的随和、恬然，与世无争。只是，在他这种随遇而安的背后，却又并非没有喟叹乃至感伤。

事实上，曙白的内在感受，特别的悲凉、悲秋，哪怕是面对一片飘下的落叶，甚至是面对一叠干巴巴的档案。这在他的诗集中俯拾皆是。

> 隐形的针　你从没有想到过你的一生
> 只是一只被它的尖锐
> 固定在树干上的小小的蝶儿
>
> 你翕动翅膀
> 天空、云朵和一片草地上的野花
> 有不可理喻的遥远
>
> 当我从你的骨殖中发现那根针
> 金色的　像真理一样锃亮

(《档案》)

就这么一路偶然地走过来，几乎是一眨眼就到了退休，所以他也就关注起生命的终点了。

这中间，也难免有壮志未酬的遗憾，尤其是，还有父子之间的持续对话，那位父亲就像面前的一座高山。不过，又应当同情地体悟到，在这种抱憾的回顾中，也往往孕育着一股力量。

> 黄昏到来的脚步
> 稍稍有一些迟疑

风有点凉　天空保持最后的纯蓝
没有飞鸟　唯一个树叶落尽的树冠上
空空的鸟巢
像是谁托举起的孤寂

道路依旧蜿蜒
曾经想去的地方还在远方　那些地名
依旧是偶然闪烁的星辰
壮怀激烈已成云烟　而此刻

最想煨一壶暖酒
依窗坐对夕阳

（《暮归》）

一方面，似乎自然而然地，死亡也成了嘴边的话题。

曙白似乎毫不畏惧、无所顾忌地，时不时就触及这个话题，在他的诗集中，那简直可说是家常便饭、稀松平常。

覆盖一切　对于死者
这个世界只剩下白　无边无际的白

我们再也不能给予他什么
荣耀、财富　诽谤和嘲讽

一次意外中奖的惊喜　或者关于一桩
陈旧债务的无穷无尽的争吵

白茫茫大地真干净　只有我们
还在俗世的污泥中挣扎
无望地拒绝无望

死亡覆盖一切　一场大雪覆盖一切
雪地上的足印　我们的
从未消退　也从未更加清晰

（《死亡是一场大雪》）

　　这使人联想起一位美国的女诗人，由于我在爱默思学院教过书，自然也曾访问过足不出户的她。
　　这就是有名的艾米莉·狄金森，她曾经如此让人惊怖地，透过个人的感官联想，来预想那个自己魂飞魄散的刹那。

我感到头脑中有场葬礼，
往来的吊唁者脚步杂沓，
踩啊——踩啊——直到
那种感觉破茧而出——

等所有人都已就座，

仪式开始了，像一面鼓——
敲啊——敲啊——直到
我感觉我的心渐渐麻木——

接着我听到他们扛起棺椁，
穿着同样的铅靴，
又一次穿过我的灵魂，吱嘎作响，
然后空中——响起钟声，

仿佛诸天都变成了一口丧钟，
存在不过是一只耳朵，
而我，和沉默，是异类异族
在这里，残毁，孑立——

然后，理智的一块木板突然断裂，
我向下坠落，坠落——
每次跌落，都撞上一个世界，
于是，知觉覆没——

（艾米莉·狄金森《我感到头脑中有场葬礼》，屠彬、张哲译）

不过，要是跟狄金森比起来，曙白却全没有那种神秘感，也没有那样的撕裂感，他对于死亡只是坦然地领受。

对他来说，一切都是自然而然、波澜不惊的，一切都再正常不过了，都是生命历程的一部分，没什么值得大惊小怪。

那时候我以为我的一生
将在那个称作南高桥的村子里
终了　我以为河边的那块墓地
未来会有一小块
属于我的隆起　就像那些
在我之前已经抢先占据了
前排座位的观众

小迁河静静地流淌
它从没有允诺过什么
也从没有拒绝过什么

这个晚上我突然想起那片墓地
想起墓地前面流淌着的河水
假如我一直还在那座村子
假如时间中并没有那一次
偶然降临的神祇
假如我在那片高高低低的荒草中
选择了一小片空地

河水仍会一如既往地流淌
土地仍会一如既往地孕育

（《河边墓地》）

尤其需要澄清的是，正因为毕竟是个中国人，说到底在曙白的诗中，也并未沿着这种死亡冥想，出现对于天国的指望或依恋，甚至连一丝儿虚幻印象都没有——那终究是犹太人才会有的念想：

> 噢，小红玫瑰！
> 人类在很大的困境中！
> 人类在很大的痛苦中！
> 我宁可选择在天堂生活！
> 我行至宽阔的路径，
> 有天使前来，企图送我回去。
> 啊，不，我不愿被送回去！
> 我来自上帝，也将回到上帝，
> 亲爱的上帝将给我小小的亮光，
> 把我导引至幸福的永生！

[古斯塔夫·马勒《第二交响曲（复活）》歌词]

凡此种种，当然都符合曙白一贯的个性，正所谓文如其人，诗如其人。

他这种直面虚空的坦然态度，使我想起了临终的马一浮，那位蠲戏老人在死亡面前，也同样显得这般冲淡、平静。

> 乘化吾安适？虚空任所之。

形神随聚散，视听总希夷。

沤灭全归海，花开正满枝。

临崖挥手罢，落日下崦嵫。

（马一浮《拟告别诸亲友》）

就像我以往针对马一浮所论述的，这种直面神灭的勇气，足以把对于生死的焦虑，化作一片旷达与安然，从而既可保有从容与蕴藉，又可保有对于未知世界的好奇。

可另一方面，到这里需要笔锋一转的是，正因为这样地"先行到死"，正因为已然是"民不畏死"，曙白又能从平淡中显出奇气，从而显出他对于光明的坚守，就算那光明也只像是一灯如豆。

夜色黢暗　我们看不见提灯的人
只看见一盏移动的灯

提灯的人和更加黢暗的山岗连成一体
和村庄与麦地连成一体
和一座石桥以及它的历史连成一体

提灯的人来自夜
他知道即使已经有一盏灯
他还是夜的一部分

他用这一盏灯

为夜实施剖腹产

（《提灯的人》）

　　不知道是不是因为，当真快要看到人生的终点了，再不讲出来就真的来不及讲了，就催生出了一个诗情的爆发期。

　　这种向着死亡而生的生命躁动，又使人联想起一位英国诗人，那就是有名的狄兰·托马斯：

不要温和地走进那个良夜，

老年应当在日暮时燃烧咆哮；

怒斥，怒斥光明的消逝。

虽然智慧的人临终时懂得黑暗有理，

因为他们的话没有迸发出闪电，他们

也并不温和地走进那个良夜。

善良的人，当最后一浪过去，高呼他们脆弱的善行

可能曾会多么光辉地在绿色的海湾里舞蹈，

怒斥，怒斥光明的消逝。

狂暴的人抓住并歌唱过翱翔的太阳，

懂得，但为时太晚，他们使太阳在途中悲伤，

也并不温和地走进那个良夜。

严肃的人，接近死亡，用炫目的视觉看出
失明的眼睛可以像流星一样闪耀欢欣，
怒斥，怒斥光明的消逝。

您啊，我的父亲，在那悲哀的高处。
现在用您的热泪诅咒我，祝福我吧，我求您。
不要温和地走进那个良夜。
怒斥，怒斥光明的消逝。

（狄兰·托马斯《不要温和地走进那个良夜》，巫宁坤译）

我们发现，如果注意一下写作的日期，那么曙白竟是在重病之中，胸中的诗情反而喷薄而出、一泻千里，几乎每天都有诗作挥洒而出。

而这样一个后期的写作生涯，就再次验证了杜甫"庾信文章老更成"，也使我不由记起了昔日的论述：

> 从向来被儒家学者激赏的，也曾被孔子施行的"生命周期"来看，一个学者既能够也必须具备一个创造性的"晚期"。事实上，也只有做到了这一点，虽说还是要走到那个"生命终点"，还是要充满依恋与不舍地，去面对那个无奈的"大去之期"，可无论如何，人们终究还是争得了一点可能。

去把"求道"的精神给坚守到最后，去把创造的潜力给涵养到最后。从而，也去把文化的冲力给贯穿到最后，以便既能真正给后人留下一点遗产，也让本己的心力能够自然流传到后世。

（刘东《前期与后期：困境中的生命意识》）

突然间一下子，曙白似又有了说不尽的话，似又回到了沸腾的 20 世纪 80 年代，找回了那个时代所特有的激情。于是，尽管他不会那般孤高冷峻、桀骜不驯，他的诗风还是有点类似前期的北岛了；记得我当年也跟曙白议论过它，可惜北岛自己早把它弃如敝屣了，主要是因为外国人看不上它。

不知不觉间，曙白也就从沙白的固有模式中，自然而然地游离蜕变了出来，不再刻意追求简洁、蕴藉和凝练，而获得了唯这代人才能有的风格。

一大片葵花地
一大片在牧草地和远处的山影之间的葵花地
在那些花盘拥挤着碰撞着蔓延而去的方向

太阳沉落

看上去只比一只葵花大了一点点的太阳
让葵花们在每一天

都充溢着使命感的太阳

风吹葵花
一片金色的头颅便时而昂起时而低垂
笨重地起伏着

回到一棵菊科植物
葵花们还没有做好准备

(《葵花》)

回想起来,虽则"夜莺不能靠歌唱而生活",因而这种对于诗人生涯的选择,让曙白只能靠办刊来赎出自己,再以业余的精力来从事创作。

可话说回来,这反而像斯宾诺莎选择了磨镜片一样,由于维护住了自己的日常生计,就让内心有了并不受制于人的、独立发展的机会。

而且,作为众人口中的"浙大的李白",我本人当年就曾亲眼看到,他带动过很多年轻的学生,也学会了这样使用立体的语言,来获取一种超拔的人生、俯视的体验。

这对我们的校园氛围来讲,简直是不可多得的无价之宝,尤其当它已然太过贴近地面的时候。

当然更重要的是,曙白也越来越会用这种语言来思考,越来越会用这种语言来发言,越来越会用这种语言来雕塑自己。

正是凭靠着诗歌的力量，凭靠着它相对于生活的高度，凭靠着它跟世俗的距离感，他也就用这种超乎日常的语言，来保持住了自己的判断，保持住了自己的心力，保持住了自己的气节。

于是，他也就获得了一个深耕过的自我。他就凭靠这种语言的开掘，持续地保藏了自我，发掘了自我，深化了自我。

于是，这个一向沉默寡言的大好人，也就凭靠着这种语言的表达，流露出了他暗中的勇敢的疑虑，他对于倒行逆施的坚定保留，他对于悖理现象的大声惊呼。

> 一个做白日梦的人
> 一个明知是白日梦还在做的人
> 一个想从梦中醒来却被人死死按住不得不
> 继续做下去的人
> 他的那张床留在这儿 好大的床 必须承认
> 这样一张床 很少有人能够抵挡
> 在那上面做梦的欲望

（《长春溥仪寝宫》）

有了这样的思想的习惯，他也就如此珍爱思想的事业，并把由此带来的自由发展，视为比自然生命更加可贵。

也正因为这样，他才会写下我最后还要引用的这首诗：

> 那时候 一群人步入大厅

不是因为服饰和世袭的爵位

那时候手指天空不是罪过
而俯伏在地同样受到尊重

那时候的河床从不干涸
舀一瓢水　有一千条河流可供选择

那时候论辩　像在小商品市场
讨价还价一样理所当然

那时候只臣服于真理
那时候用智慧与坦诚填充时光的空白

那时候——我愿意用余生交换那时候的
五分钟　甚至更短

为了在那条宽阔的台阶上
坐一小会儿　然后　永远缄默

（《雅典学院》）

　　那正是我在浙大要做的事！还记得，我也曾跟他讲起过各
种计划，包括主持各种丛书的计划，包括举办各种讲座的计划，

也包括创办最佳书店的计划，他也都对此表示过兴奋；可惜他这么撒手一走，竟连"搬个小板凳"来看的机会，都无可挽回地丧失了！

　　而在神伤之余，我也只有默默地念叨着，等到下月开了学以后，一定要让中西书院的同事们，全都认真地读读他这首诗，把它当成我们为之努力的和想要坚持的。甚至可以说，哪怕只是为了呵护他的这首诗，或者匹配上他的这首诗，我也一定要坚守住这个学院，这个借以争得思想自由的、珍贵而脆弱的园地。

刘　东

2022 年 8 月 18 日夜

目　录

第二辑　雕　刻

第四辑　蓝房子

第一辑

标 本

我的诗

它们应当证明

一个人曾经来到这个世界，并且真实地生活过。

他诚实、正直。

他距离崇高很远，但向往崇高。

他不是精神贵族。他只是告诉人们

这个世界充斥卑污，但依然有精神贵族存在的可能。

2018 年 7 月 3 日修改

提灯的人

夜色黝暗　我们看不见提灯的人
只看见一盏移动的灯

提灯的人和更加黝暗的山岗连成一体
和村庄与麦地连成一体
和一座石桥以及它的历史连成一体

提灯的人来自夜
他知道即使已经有一盏灯
他还是夜的一部分

他用这一盏灯
为夜实施剖腹产

2020 年 7 月 4 日

落　幕

告别那个短暂的陌生的角色
你匆匆走出剧院

每一次演出都不容易
你要同时
面对那些挑剔的目光和你自己

在剧院门口你长舒一口气
走入灯光暧昧的夜色
穿过长街　在一座楼房的第十三层
你有一个晚上

独自疗伤　并且准备
明天的台词

2020 年 7 月 18 日

虚　无

你把梯子搬到场院中央
你喊：葵花呀，葵花！

马停止嚼草，从食槽中抬起头
飞过的鹰施舍了一根羽毛

你把梯子搬到场院中央
你不知道能攀登到哪儿

葵花生长，大片大片的金黄
鹰的羽毛还在空中飘着

一匹马的梦想是在月光下奔跑
你把梯子搬到场院中央

2020 年 1 月 15 日

过火林

站着的死亡
并且是——集体的

黑黝黝的一片　焦黑色的树干还举着
同样焦黑色的手臂
曾经那样丰茂在风中如潮水涌动般的手臂呀

早已经没有痛苦
时间总能够摆平一切

之所以还站在这里　只是为了证明
那场席卷而来又席卷而去的山火与梦魇
并不是杜撰

2019 年 4 月 12 日修改

标　本

落叶以自己的衰败
掩盖整座山林的腐朽
一棵树截肢后
四处寻找宣誓忠诚的右臂

时间是用来遗忘和背叛的

多年之前被捕获执行过死刑的蝴蝶
由一册活页夹挽救了美丽

2020 年 5 月 5 日

死亡是一场大雪

覆盖一切　　对于死者
这个世界只剩下白　　无边无际的白

我们再也不能给予他什么
荣耀、财富　　诽谤和嘲讽
一次意外中奖的惊喜　　或者关于一桩
陈旧债务的无穷无尽的争吵

白茫茫大地真干净　　只有我们
还在俗世的污泥中挣扎
无望地拒绝无望

死亡覆盖一切　　一场大雪覆盖一切
雪地上的足印　　我们的
从未消退　　也从未更加清晰

2020 年 7 月 24 日

悲伤书

一只没有底的篮子
假如连良知都无法留存　我们的悲伤
将落向何处

当石头的潮水　一再淹没悲悯者
微弱的呼声　当死去的人
绕过生者的目光　在最深的寂静中
腐烂　无人在意他们的离去

我们该为谁悲伤？

为死者？他们早已厌倦人世的一切
为不合时宜的醒者？他们正渐行渐远
或者为石头
为那只残破的篮子？

在古老的汉语中　悲伤是一个崇高的
词语　我已经不敢成为悲伤者

2020 年 7 月 25 日

雅典学院

那时候　一群人步入大厅
不是因为服饰和世袭的爵位

那时候手指天空不是罪过
而俯伏在地同样受到尊重

那时候的河床从不干涸
舀一瓢水　有一千条河流可供选择

那时候论辩　像在小商品市场
讨价还价一样理所当然

那时候只臣服于真理
那时候用智慧与坦诚填充时光的空白

那时候——我愿意用余生交换那时候的
五分钟　甚至更短

为了在那条宽阔的台阶上
坐一小会儿　然后　永远缄默

2019 年 1 月 26 日

拯 救

有太多的人，把自己
当作上帝

这个世界的拯救
才如此让人绝望

2020 年 10 月 10 日

孤　岛

帆在哪里　桨在哪里　罗盘和锚在哪里
这早就预置并且获得承诺的一切在哪里

这注定是一个倾覆之夜
被港湾背弃的船　在死亡的边缘
从未畏惧　但却因无休止的漂移而厌倦
宁愿成为一块石头
在空中盘旋　一只海鸟墨色的影子
始终没有降落的迹象

而大海仍在低语：允诺你　允诺你　允诺你
那声音比咆哮还要恐怖　比死寂还要冷酷

2019 年 1 月 15 日初稿
2019 年 2 月 5 日修改

所有关于永恒的尝试都将成为笑柄

在鸟都不愿意降落的树林中
一盏灯挂在最高的那棵树上

宣誓忠诚的人带走最后一枚硬币之后
大雨就落下
大雨像誓词一样不可阻拦

没有什么不同　这个季节
和已经过去的季节　所有关于永恒的尝试
都将成为笑柄

2019 年 2 月 21 日

锤

一失手
它飞向空中

这是我们最不愿意看到
一片云的阴影
在大地上古老的咒语一样巡游

2019 年 2 月 22 日修改

纪念日

那一天之后
我明白了一件事
无论谁在或者不在
白天还是白天
黑夜也还是黑夜

那一天之后
我继续活着
周围的人也一样

2019 年 3 月 1 日

一　月

喜剧和闹剧都已经落幕
我的两只手掌
悬停在半空　弄不清是不是应该鼓掌

当那面粉刷的大墙　油漆
一遍遍剥落　我们在夜色的掩护下
正接近一次完美的偷袭

二月正在到来　春天是一个不错的季节
掩埋过去和催生未来
只是这个混沌的世界　还有谁
能够帮助我们指认夜空中的星辰

2021 年 1 月 25 日

沉　默

只是因为怯懦者的怯懦
只是因为谄媚者的谄媚

一把锤子敲碎了石块
碎片四散纷飞　大概也只有沉默
能够让它们在烦嚣的尘世中
彼此相认

2019 年 9 月 20 日

缺席者

大地收藏密布的荆棘
篝火点燃　为一场提前到来的狂欢

失散的人群一一归来
终于有人在死者的墓碑上
读出关于未来的注释

展示犁铧的人早已经不再惦记耕种
在和一群生者的较量中
一个幽灵
再一次头破血流

2020 年 1 月 1 日

路边的寓言

一条鱼在水坑中挣扎

哲人说　你要坚持住
很快就要落雨了
你注定会前程远大

骗子说　记住他的话
像真理一样无用
但是像谎言一样真诚

哲人和骗子都停下脚步
哲人朝坑中倒了一瓶矿泉水
骗子也倒了一瓶

2018 年 9 月 17 日

繁　殖

这个世界一直都在繁殖
土地繁殖荒凉
草木繁殖衰朽
城市繁殖灯红酒绿的废墟

舞台繁殖表演家
谎言繁殖说谎者
广告繁殖代言人
股市繁殖欲望与绝望

一个贴着未来标签的怪物
涂满润滑剂
伸进世界的子宫

2020 年 6 月 28 日

铁匠铺

铁匠铺不生产铁
铁匠铺只是让一些铁进来
更换一个面貌出去

那些用旧了的、损伤了的、缺胳膊少腿的
到这儿回炉　火烧锻打
又成为锃亮的刀、开刃的斧、锋利的矛
可以劈　可以砍　可以刺
也可以列阵　铁流滚滚　风卷残云
碾压所有
挡车的螳臂

在人世间转过一圈　威风
凛凛之后　它们还会再回到这儿
还是　缺胳膊少腿

2020 年 8 月 30 日

沉默的一群

这沉默的一群
这桥墩和中心广场上雕像的基座
一样
沉默的一群

他们散落在这座城市
在一幢幢板着相同面孔的楼群深处
在树荫深处
在淡黄色的街灯和霓虹灯灯光的深处
在早点铺的嘈杂和菜市场
讨价还价声喧闹的深处

他们不抬头看天空
他们与星辰从没有交集

这沉默的一群
他们沉默地搬动石头和木块
他们在建造
另外一座城市

2019 年 4 月 28 日

喂

谁能够将饥饿表演得天衣无缝
谁就将获得那只奶嘴

2018 年 10 月 4 日

十一月

秋风起
世事转凉

一个人站在空荡荡的原野上
有一些事情
他要和天空说说

2018 年 11 月 4 日

某博物馆

他们把我搬进馆中
（当然　是经过化妆和穿上戏服的）
他们陈列我
他们展览我
他们给我挂上写有我名字的标签
他们让我买 120 元门票
走进红漆的大门参观我
他们编造了故事
让讲解员滔滔不绝地讲解我
他们让我和我合影
他们把放大的照片
再陈列　再展览　再让我参观
我感觉到可笑和悲哀
我想表示一下我的愤怒
想大喝一声：那不是我！

可是　那真的
不是我吗？

2019 年 5 月 3 日

转　型

选择一场古老的礼仪
以痛苦的方式免除痛苦

蜘蛛找到美
蛇找到方向

这是唯一的选择　隐身于
尘土和寓言　城池作为古迹供游人观赏
便无所谓陷落

收拾好枪戟刀棍
在古董市场维护兵器的荣誉

2018 年 1 月 4 日修改
2019 年 1 月 18 日再改

缝　隙

在这座城市暂栖的人
他们隐身于楼群的阴影中　隐身于
街巷、车站、市场、酒吧
隐身于灯红酒绿的浮光与人潮中

有时候我们会看见　他们骑一匹快马
穿城而过　留下
一道细微的缝隙
像一只鸡蛋蛋壳上的裂纹

2019 年 12 月 13 日

一代人

拥挤在一条大船上
从身不由己　到趋炎附势

日复一日　被谎言反复喂养
曾经的蹈海雄心
现在像港湾一样遥远

2018 年 2 月 13 日
2019 年 2 月 2 日修改

清　明

总是有雨　总是
有一两个杜牧
不好好上坟祭祖　包括对当宰相爷的
祖父　也不放在心上
只满山野去寻杏花和酒家

也总是有贤孝之后辈
千里归家　宝马长亭　衣锦挂树
给祖坟添土　用朱笔
将墓碑上的讳名和封号
再描摹一遍　在飘飞的纸钱和烟火间
感恩先人的庇佑

他们把安魂曲
播成了还魂曲

2019 年 3 月 18 日

档　案

隐形的针　你从没有想到过你的一生
只是一只被它的尖锐
固定在树干上的小小的蝶儿

你翕动翅膀
天空、云朵和一片草地上的野花
有不可理喻的遥远

当我从你的骨殖中发现那根针
金色的　像真理一样锃亮

2019 年 10 月 19 日

尘　世

一手指地　佛说
人世间众生平等

浪迹大半生　我回到
出发时的渡口　卸下疲惫与无奈
对这个世界已一无所求

大地宽阔　庄稼看上去还像从前
波动着而来　又波动着而去
鸟儿在树叶间唱歌
它们唱些什么
听明白和听不明白
对于鸟儿和我都无关紧要

一回头　才看见
我在尘世　佛在天

2018 年 12 月 1 日修改

一座城市

一次选举　市民们突发奇想
选举一位商人做了他们的市长
其结果是　这座城市
很快被治理成为一个巨大的市场

市民们很满意　他们发现
讨价还价声原来如此悦耳

现在　这座城市的市民
只有两件事可做
替自己数钱　或者把钱数给别人

2019 年 4 月 15 日

瓷　器

一只碗
倒空又盛满　盛满又倒空
在隔世的火焰与现世的股掌之间
浮生若寄

其实所有的光润
都无法自圆其说

2019 年 4 月 17 日

诊　断

这个世界有病

建议转院治疗

主治医生　上帝（签字）

银河系医院（公章）

2019 年 4 月 27 日

终结者

当古老的星阵暗淡　而夜空中
我们看不到新的星辰升起

当庄稼和草地经历漫长的旱季
已经不再期待一场雨水的惊喜

当马群认命　屈服于栅栏
只惦记草料和一小口袋的豆子

掩埋多年的僵尸就会从墓穴中
站起　扶着碑石在大地上行走

2019 年 4 月 27 日

密　使

这拒绝复活的夜
虔诚的死者从暗黑中伸出手
送来粮食和祝福
我们将穿过遍地黄金和一座寺院
一个守卒看守的城池中
藏有我们过往的秘密
海浪毫无表情
它淹没这一切时留下的墓志铭是——
没有人能够逃往下一座城市

2019 年 5 月 14 日

赈 灾

他给我的一只碗中
舀了满满一勺鸡汤

消化这些鸡汤我花了半个世纪

2019 年 7 月 5 日

蹄　声

蹄声来自空旷的夜
蹄声像一根
蓦然擦亮的火柴

夜色的一角被点亮
瞬间又重归沉寂

流浪的人知道　在看不见的深处
一些事物已经悄悄变化

2020 年 8 月 9 日修改

大　厅

走出之前　我已经
向守门人交出了一切

一个空空荡荡的幽灵
再不需要左顾右盼瞻前顾后

爱情和死亡
各有一次机会

2019 年 8 月 2 日

帽　子

其实　它从来都不是你的
借给你戴戴而已

就像你从一条河流捧起一捧水
你以为那水是你的
还没有站起身它们就回到河流中

有人沐猴而冠
有人冠冕堂皇

收债人握一摞旧帽子
在不远不近处站着

2019 年 8 月 4 日

眼　神

小时候我用弹弓
打麻雀
后来麻雀一看到我
就飞得远远的
即使我把弹弓藏在衣兜里面
它们也能够看见

2019 年 8 月 9 日

幻　觉

在一座人去楼空的寺院
我们搬运经书的兴致经久不衰

2019 年 8 月 16 日

关于水

一只水罐只是临时
充当了一条河流
它便在一册史书上
成为千水之源
成为大海永不枯竭的捍卫者

我们也因此认为
大海就是
一只稍许大一点儿的水罐

2019 年 8 月 18 日

疗伤的人

刮骨疗伤的人选择了北方
他知道在南方的温暖中
所有的努力都会因一声鸟鸣化为乌有

他坐在野地里　和他坐在一起的
是一小片低矮的坟头和看不出名字的墓碑
它们像他一样匍匐着
同时将头昂起
朝向曾经的天空

大雪落下　大雪覆盖他和墓群
疗伤的人偶然长嘶一声　像一头困兽
是为了将自己
区别于那些沉睡不醒的碑石

2019 年 9 月 14 日

回旋之美

承认这些羽毛
承认图腾
承认在清醒和颠迷中我们装扮的角色

篝火重新照亮的夜空
星辰隐逝
舞蹈起来　颂唱起来
这是诸神的愿望
这是你到达神的境界的必经之路

原谅我无法写到风花雪月
如果冬天决定登场
便没有一袭寒衣
能够抵御即将到来的凛冽

重回一出古老的剧情
你就想象那是一场新生的庆典

2019 年 10 月 19 日

哀 歌

这无效的渡口
渡河的人从没有获得过赦免

我们都在等待星辰归来
灯光深陷于暗夜
魔法师的呓语一再主导河水的流向
失忆的人执着地
以回忆为生

在错乱的时空中　一对列车
相向而行　对于灾难的到来
车中人全然不觉

2019 年 10 月 31 日

使 命

一枚钉子被钉在墙上
从那时开始　一堵粉白的大墙
就是钉子一生的事业

年复一年　钉子锈在墙上
锈在它的事业里

作为一块铁　钉子没有经历过风雨
没有痛苦　可以说
风平浪静　当然也没有幸福可言
它的锈蚀有些冤
像是一个仍是处女的寡妇

榔头把钉子钉进墙时
自以为完成了一项使命

2018 年 11 月 21 日修改

熄 灭

那座大厅灯光是突然熄灭的
一只通体透亮的灯笼　一瞬间
沉入夜　沉入黑暗之渊

没有人惊叫　没有人抱怨
甚至没有人问一声灯为什么灭了
似乎这是预料之中的事

安静　整座大厅安静得
像是在一场追悼会上聆听悼词
没有人想起是不是应该离开
也没有人知道还在等待什么

2019 年 3 月 5 日修改

孤　旅

马嚼夜草的晚上
花儿在草原上醒着

我们都曾经被自己的手指戳痛
谁和谁的影子重叠与分离
都不是这个世界上的唯一

道路背叛道路
方向愚弄方向

夹着酒瓶回家的人
是他的脚步声延长了夜

2018 年 1 月 28 日
2019 年 1 月 31 日修改

触　痛

在过往的岁月中
我一直关注
是谁触痛了我　触痛了那些漫长时光中的
日日夜夜

现在　我更关注
我会触痛谁　我能不能触痛谁　包括
那些触痛过我的人

这与报复无关

2019 年 12 月 29 日

三　月

一场大雪没有兑现的诺言
桃花没有带来
梨花也没有带来

春天来了　但是你站错了树枝

2018 年 5 月 31 日

枪　击

枪击风
枪击试图远离的那颗星
枪击关于一场大雪到来的天气预报
每个冬天都有许多要犯需要执行
这仅仅是开始

所有关于春天的预言
都改变不了子弹的轨迹

2020 年 12 月 25 日初稿
2021 年 2 月 15 日重写

黄　昏

对于那些去向不明的事物
我选择放弃

在夜色到来之前
大地呈现的轮廓像一只碗
因为盛满这个尘世的美好与荒谬
我才得以珍藏

2019 年 1 月 23 日

积 木

往上搭　再往上搭
星辰有多高就搭多高
鹰能够飞多高就搭多高

木块不够了？
是谁在说？谁在动摇军心蛊惑危机？
那么多的树林
可以再砍掉一片嘛

积木迟早要倒下的
搭积木的人明白　但是他不害怕

害怕的是在那面危墙下面
以一粒米为生的蝼蚁

2020 年 7 月 4 日

孤 灯

只一瞬　在你看到时
它已经熄灭

你只能看到举灯的手
直直的手臂
在一片灌木林默哀一样匍匐的安静之上

一只迅即风化成石头的手

2020 年 1 月 1 日

戏

你模仿了那个角色
可是从幕布一拉开你就相信
是那个角色模仿了你

你不是刻意的
这只有我知道

演出从未间断
一场惩恶扬善的大剧
没有人会为你还活着买票

他们保证让你像英雄一样倒下

2020 年 1 月 3 日

在水边

十一月　是摇动的苇叶发现一条河流涨水
我们并没有出发
离开岸的那条船上没有我们

草木尚未完全凋枯　这个季节万物芜杂
谁将从造物主的手中
接过那只从不属于我们的水碗

还需要一段时间才能定义秋之寥廓
天空的洁净只为一只鹤照见自己的影子

2020 年 2 月 3 日

巨石阵

千万年甚至上亿年　在这片深山中
它们只是围困住那些
其实并不打算突围的寂静

千万年甚至上亿年
它们一直被更大的寂静团团包围

我捡起一块小石头　在它们中间的一个上面
敲了几下　所有的寂静
被它们围困的和围困它们的　都溃散而去

在我离开之后
石头还是石头　寂静还是寂静

2020 年 3 月 6 日

一匹马

陶醉于自己的蹄声
一匹马一直
把晃动的鞭影看作主人的奖励

在这片绝壁前　它陡然
止步　一声长嘶之后
回望来路

2020 年 8 月 8 日

想起一个人和一本书

那些年　他们给我一张
从不会开奖的彩票

我在那条跑道上奔跑
摔倒了爬起　爬起来再摔倒
我一直以为终点就在前方
我一直以为是我自己跑得不够快

如今　在梦中
我仍在跑　一只巨兽在我身后
恐惧的脚步声从未止歇

2020 年 8 月 11 日

片　断

就在我们满世界寻找
说出那句台词的场景和演员时
我们已经落入一座陷阱

而剧情仍在继续
别人的　或者自己的　或者
别人和自己共同演出的

我们正无可奈何地扮演
我们自己都鄙视的角色

2019 年 8 月 19 日

环形跑道

当一颗星星的亮度
随标注的价格沉浮
我们精心修筑的栈道上
已经没有一匹负重的骡子

活着的人在广场上排队
死去的人则举着墓碑
站在队伍的最前列
像是入场式上的旗手

2019 年 8 月 30 日

狼　毫

此刻　需要一支狼毫

当那些本应该直立的笔
伏地如一片
软骨的多米诺骨牌
风吹苇叶的响声
隐蔽了一条河流的流动

需要数百根上千根
野狼的嚎叫　数百根上千根
野狼的莹绿的光　数百根上千根
野狼的
奔突　飞扑　撕咬

点燃汉字
遗忘了的血性

2016 年 8 月 18 日

暗器：枪

那支枪的存在一直是悬案

有人说看到过子弹
金龟子一样诡异地飞过黎明
也有人说　没有
那只是阳光普照下的错觉

为此一群道高八尺的侦探
在一座旧房子里　一边喝着咖啡
一边推演枪是否真实地存在

一条腿淌着血　仍在
亡命地奔逃的狼　他的证词是
每一片树叶
都是一支枪

2019 年 11 月 18 日

磨

有时候它是名词
有时候它是动词

这就让我们对它的认知产生困惑
沉默的　淳朴如一头
耕牛　或者两块冷血的石头
做相对运动　添加在磨孔中的一切
坚硬的碾碎　柔软的成浆

两块石头　只要足够粗糙
磨是人类最有趣的发明之一

与磨天衣无缝的　当然是驴
驴一直都在路上
它的执着源于它信赖的远方

2019 年 9 月 1 日

夤夜，在大兴安岭腹部小镇

星辰和灯火都已经陷落
一匹马　白色的背脊耸动着
从暗处走入更暗处

江山辽阔　我只怀揣小小的梦想
无人过问的秋夜
一块石头的凉是所有山影的凉

夜行列车依然穿过旧时的林场
用一声汽笛填补长夜的空旷

2020 年 3 月 28 日

粉　碎

我的一个朋友告诉我
他已经不做化工品外贸了
现在的项目是将一座山
打碎成沙子　这个赚钱容易
他已经购买了五台碎石机

他的那些沙子将运往
神州大地　兑现一个古老民族的神话
去铺这个世界上最宽的路面
去建这个世界上最高的楼房
去造这个世界上最恢宏的大桥
可能还会用来浇铸这个世界上
最不朽的纪念碑
——为已经死去的人和仍然活着
终究也会死去的人

为了那些伟大的事业
一座山必须粉身碎骨

2020 年 4 月 25 日

无　非

有一小片地我就能养活自己
有略微多一点儿的地我就能养活全家

无非就是打开家门
只看到田野、乡路、散落的树木
和一条河流两岸被风吹动的苇叶和茅草
无非就是夜晚点亮灯
只闲聊种子、收成和灌水机的马力

我种过八年地　无非就是
找出旧年的锄头和镰刀　蘸着水和从四面
围拢而来的不测　重新磨亮

2020 年 9 月 3 日

活　着

当人类忙于解释世界时
夜空中的星辰移走了我们的居所

进入四月，桃花是乡野中仅存的故事
群鸟贴着屋脊低飞
黑色的影子　像被人遗忘的文字
散乱无章地涂写着无辜

独眼人把天空望成了一口枯井

2020 年 9 月 16 日

葵　花

一大片葵花地
一大片在牧草地和远处的山影之间的葵花地
在那些花盘拥挤着碰撞着蔓延而去的方向

太阳沉落

看上去只比一只葵花大了一点点的太阳
让葵花们在每一天
都充溢着使命感的太阳

风吹葵花
一片金色的头颅便时而昂起时而低垂
笨重地起伏着

回到一棵菊科植物
葵花们还没有做好准备

2014 年 9 月 3 日

黄昏的羊群

这滚动的白色
这绿色上面完美无瑕的白

白昼将尽　它将最后的光芒
加冕于你们这一群
鱼沉入水底　河水的粼光阐释光阴之美

从罪恶之地生长出的花朵
还在一片浅坡上肆意开放

没有人给予过我们幸福
现身村口的流浪者只带来更深的忧患
当粮食已无法挽救饥饿
我们手掌上的谷子沉重如铅

漫延的白色　滚动的白色　这华美之夜的白色
还有谁比你们更适合承接这个夜晚？

而我　俯身在日渐荒凉的土地上面
为那些古老的命题祈求上苍

2017 年 6 月 12 日

当我们……

当我们对痛恨的一切不再痛恨
当我们对鄙夷的一切不再鄙夷

当我们不再失望
当我们不再痛苦

当我们忘记在左胸
第三根肋骨下面还有一道伤痕
当我们绕过污浊的水坑
把从容当作可以交换的筹码

当我们明明知道那个行乞者
只是一个骗子
仍朝他的碗中投进一枚硬币

当我们的平静　平静得像深秋的树叶
我们所有的飘落
都无法换取一座树林的新生

2017 年 11 月 22 日

一　行

它射出时
带走了我们所有人茫然的目光

许多年之后　一个酒徒
醒来后一抬头
看见一支箭钉在天空的靶心

2020 年 4 月 29 日

贺

开业大吉
其实我更愿意把贺礼送给路对面那家
连年亏损已经成为僵尸的商号
关门落锁
又何尝不是大吉

2020 年 8 月 27 日

死 囚

临刑之前他发现同时执行的
还有长长的一排人

他突然感觉自己并不那么背运
甚至觉得瞄准他的
那颗子弹，有可能会在飞行中偏离

2021 年 5 月 29 日

大 幕

满天空的星辰都在等待时
我们的沉默如一次交出枪械的守卫

站在树林之外，一棵树
比夜色还要黝暗的身影一动不动
像是谁留下的谶言

2021 年 5 月 1 日

画　圆

你画了一下
不圆
我又画了一下
也不圆

后来上帝过来画了一下
圆?
还是不圆?
没人表态

2018 年 12 月 26 日

游　戏

将一支手枪作为玩具
它的危险在于
扳机一旦扣动　就没有人能够阻止
子弹的疯狂
安民告示上古老的善意
轻薄如片羽　夜
从来就不是单纯的黑

2021 年 5 月 11 日修改

空　城

这是一座古城
我从东门进
从西门出
我把能够带走的东西都带走了

我知道已经有太多的人
来过这座城市
他们可能像我一样从东门进西门出
也可能正好和我相反
从西门进东门出
他们也把
能够带走的东西都带走了

一座被反复洗劫的城池

在城门口
守城的老卒双手拢在衣袖中
晒太阳

2018 年 12 月 28 日

带刀的人

带刀的人
把刀藏得很深

带刀的人
总是笨拙地让过
迎面而来的飞刃
总是在剑锋抵达喉管的一瞬
从死神的手掌滑脱

带刀的人
我们没有看见他出刀
一次也没有
我们只知道一旦青蛇吐信
那一道闪过的寒光
从没有一个对手
侥幸逃过

带刀的人

用刀鞘藏刀

用刀藏自己

2018 年 10 月 4 日
2019 年 2 月 2 日修改

谷　子

这是十一月　应验那条古老的成语
——颗粒归仓

它们最后的旅程已经与秋天无关
与大地的辽阔和对阳光的赞颂无关
也与它们一生的生长无关

蜕去耀眼的金色
它们现在只关乎一个劳作了一年的农人
他一家温饱　或者饥饿

谷子在谷仓中　安静、沉实
回归粮食本身

2018 年 2 月 27 日
2019 年 2 月 2 日修改

赶制一具棺材

死者是谁　定制的人没说
按照这一行的行规
也不便多问

死了　还是行将就木
定制的人也没说
只说棺木要大　加长　加宽
用料要好　至少三千年不朽

我们只管做生意
死人对于我们等同于送钱上门
更何况来者出手阔绰
定金就给了两具棺材的费用

像这样大的买卖　真巴不得
每天都有一桩两桩

2020 年 5 月 3 日

赊 刀

老板　赊一把刀
今晚月黑风高时有一桩宿怨
必须了结

赊一把刀　钢火要好
削铁如泥　剁一千根骨头也不卷刃
赊一把刀　锋口要快
如风　刀影过处
只见人头点地仇家俯倒万类噤声
不见一滴血
弄脏青天白云江山月色

你说银子? 老板
这本来就是你的仇家你的心结　在
你的地盘　赊一把刀
说得好听我是替天行道
说得不好听　我不过是
替你清理门户

2020 年 6 月 4 日

环形影院

为了把一些故事讲述得惊心动魄
并且圆满

我在前排就座
我的旋转与过去的某一天保持同步
有时候头转晕了
我就闭上眼　假寐
留一个人形坐在这里
自己逃出去玩一小会儿

这个世界总是被一些人绷得紧紧的
像上足了发条的玩具
亢奋　但不好玩
我们便在无趣中长大
一再被安排到某间教室听导师们
无休无止的训导

我走出影院的时候
正值午夜　我像一条特赦的鱼

游入城市的灯海

2018 年 9 月 21 日

挖

我一直都在挖

我不是掘墓人
我挖的是一座已经存在的坟
一座已经填埋过尸体
在一片墓地上触目的隆起

许多年前　一场隆重的葬仪
死者被埋在这儿　我们都曾经
给那座新坟添过土
那把铁锹在我们手中传递
一锹一锹落下的　是真实的土

我在挖一座坟
不知道从什么时候开始
我觉得我们掩埋的不是那个人
或者　我们就是在一座空空的墓穴上
添加了草叶和泥土
那块煞有介事的碑石
可能只是掩护了一场成建制的撤退

我不知道我能够挖到什么
我只是挖
我希望挖到的东西　土层之下
在　或者不在
那不是我能够左右的
但是我知道　只要还有人在挖
还有叮叮咚咚的响声
这世界就不会成为一座坟墓

因为挖掘　一把老旧的铁锹
才没有成为废铁

2019 年 1 月 16 日

假面舞会

1

狐狸、羊群和狼同窝
老鼠在寻找猫
它对捉迷藏有天生的好奇

2

攻守进退　虚虚实实
面具与面具纠缠周旋
面具与面具天衣无缝

3

有人把游戏玩成艺术
也有人把游戏玩成竞技

4

你把舞伴带到或者逼迫到
舞台边缘时

最大的可能是
你们同时摔下悬崖

5

毕竟都是淑女绅士
因此很少有人会扯下面具
把脸皮撕破

6

一条鱼游刃有余的经验是
忘记自己是鱼

7

在下一支舞曲开始前
你可以换上另一副面具
这是规则默许的

2019 年 3 月 1 日

繁复之门

1

最早是那个
魔术师
在一堵大墙上画了一扇门

有许多年
我一直是反复推那扇门的人

2

那个神秘的午后
一支竹篙在水面上的拔出与插入
有不可违逆的权威

让我们靠船下篙
让我们靠船下篙

诵经声像咒语一样
击中一条试图远游的蛇

3

积雪的村庄
关于一只猫的讨论
像漫舞的雪片一样形迹可疑

河塘获得天空
土地像弃儿
石桥仍在　但是没有人
去往河的对岸

大地保持没有杂色的白

4

我从没想过一根芦苇的一生
在进入那座
运盐河边的芦扉厂之前

成捆成捆的芦苇
当它们在深秋成长得足够高大
就被收割　摊在
一片泥土场地上　巨大的石碾
一遍遍碾压而过

在持续不断的碎裂声中

你发现一个道理
生为芦苇　便没有一根
有单独的命运

5

那些在天空消失的雁
它们都去往了何方?

我目送过它们
那时候它们的高让我难以企及
而它们的飞翔　带着
令我担忧的倾斜

我知道天空不是为我准备的
其实　也不是为它们准备的

6

我一直告诉自己
你要学会遗忘

有多少人因为遗忘　或者
假装遗忘
获得了这个世界颁发的勋章

遗忘和守纪
这可能是一个人登上天堂
最重要的两座阶梯

7

他们给你建造了纪念馆

他们在那座大房子里陈列你
给你贴上标签　配以文字介绍你
他们让你站端正
让你像一个应当进入历史的角色

一个解说员用纯正的普通话
解说你时　你穿过的那件
学生装（纯棉的）
已经早于你入戏

8

有一天我来到一座被称为拱门的地方
我见到了太多的门
一座挨着一座
一座套着一座

在荒凉的赤裸的一场大火瞬间静止般的大荒原上

那些门什么也说明不了
过去和未来
它们都只是一部宏大叙事的背景

雨水和大海
依旧无比遥远

2020 年 6 月 11 日

漂

1

她就那样漂着
在碧蓝的水面和清晰得
能够看见水底的天空的背景中
漂着

这是她一个人的水
她一个人的游泳
无拘无束　无欲无求　无生无死

2

他们选择了你
他们和水选择了你

你从小就知道
这是不可违逆的河流
你的游泳涉及那个巨大的词语
——人民

涉及江山社稷的安危（你一直
都没有弄明白
那是谁的江山谁的社稷）

3

我已经漂了多长时间？
一小时？一个下午？

一年　还是
一生？

4

一条美人鱼

总会有人发现它的美
总会有人发现那美的
潜在的价值

浦阳江　中国有太多在水边
浣纱的女子　也有太多
从江边经过的大夫

他们自称是
偶然

5

她的皮肤依然白皙
她的体态依然性感

给她一片掌声
她还能高高　跃起
表演一场众星捧月的水上芭蕾

她还能用灵巧的尾
拍打出一路水花

6

我的鳃呢?
我的呼吸呢?

我为什么感到窒息?
那些和我一起下水的游泳者呢?
为什么只有一片白云
和我并肩而行
它是和我一起游来的吗?

这沉寂　巨大的
无处依附的沉寂呀

7

田野　在大片大片的
麦地中间
一座被柳树和皂荚树环绕的水塘

我的水埠在哪儿？
我撒下米粒喂养的鱼在哪儿？
它们从远处游来
银亮的没有任何思想的鱼

家乡的水哟
你曾经好清好清呀

8

生　或者死
冰凉的石头和含有消毒剂的水
都不会在意

身为一条鱼
除了漂着
还有其他的选择吗？

当恐惧渐渐稀释
一个极乐世界

正在随波逐流中敞开

9

光在哪儿?
天空在哪儿?
带我前来的天使在哪儿?

你们告诉我
告　诉　我
这水　有多深?
有　多　深……

2020 年 6 月 20 日

九瓢水

你不可能从命定的河流之外取得水。
——旧作《忘川》

一　向阳之坡

那时候过度的晴朗
让太阳灼亮
让天空成为巨大的道场
一再宣示
对我们的恩宠

远处，大海像一个情人
隐秘的激情总是在午夜被唤醒
俯身在平缓的沙滩上
反复舔舐
血与贝壳的呕吐物

一株藤状的植物
在放浪不羁的假象掩护下
根部深入古老的泥土

二 日月鉴

老鼠在天空打洞
星星找不到家门

龙生龙
凤生凤

标签满大街奔跑
爹娘演出皮影戏

鸡生蛋
蛋孵鸡

一座大佛倒下
压倒修行的庙

撞钟声继续
读经声继续

三 道亦道

梦是一个人
为自己预设的通道
信马由缰的旅行者
其实在同一条道上

做折返跑

鸡蛋在大墙上撞得粉碎之后
终于明白
墙是不可动摇的

四 航海日志

借助光的语言
我们粉碎了石头的
又一次预谋

航海的人发现
不是船在航行
而是波浪在向船后
滚滚而去

作为参照物的岸
因为稳固而被认定为
一座废墟上的蚁穴

大海航行靠舵手
万物生长
太阳已经转过正午的天空

五　广　场

他的制服和他举起的右臂
符合最初的设计

波浪高过波浪
没有门的大厅

上大人孔乙己
鲁迅先生的藤椅下面
一只蟋蟀歌唱秋天

红色。红色。红色
眼睛深藏不露
脚尖深藏不露

六　深夜读史

一个假想的外姓人
获得了王位

王朝仍是王朝
杏黄的诏书中隐伏着
先帝的锦囊
河水如死鱼眼睛一样浑浊

七 洗 涤

洗涤一块方砖
和洗涤家乡的青石板街道
用的是同样的水

六月雪
七月花
八月的打谷场
黄金一片

九月十月
洗干净衣服
洗干净脸
洗干净手掌上的污秽

十一月鞭炮响
十二月过大年

八 土 台

在我插队的乡下
一个农民
庄严地站在土台上
一支流行歌曲

被他唱成了夜间的灯

他在土台上号令三军
上工，下工
男在左，女在右
列队，严肃点
唱歌，哀乐四起

土台上的皇帝
草丛之中
高瞻远瞩的蛐蛐

九　防震，或者成人礼

一次大地震的余波
在所有的地方
倒塌声响成一片

最后的仪式
落在金属上的眼泪和誓言
那个夏天我在临时搭建的
木板棚中
做数学题。等候有光的早晨
路灯昏暗
巡防队的脚步在棚户外面

送葬一样响着

从广场上游行回来
我们车间的一个钳工用锉刀
削去工件表面上多余的铁

那是他的工作
他做得很仔细

2014 年 8 月 4 日初稿
2021 年 8 月 25 日修改

在餐桌上说起小平

一家三口　在餐桌上
我们说起小平
就像说起一件家常事
说起一个亲人　他在远方
他搬动农具的响声在家乡
在一座扁豆藤架爬满的场院中
亲切地响起

我和妻子　我们都和新中国一起长大
经历过饥饿　上山下乡
在一夜间成为"天之骄子"
现在　享受诚实的劳动和收获
春天　当我的患有溃疡的胃
隐隐作痛　一再反刍出
过剩的酸水和 1959　1961
我也惊喜地发现　我的女儿
已经长成这座南方城市的一枝嫩柳
在湖风中娉娉婷婷地摇曳

我只是一个普通百姓

早过了崇拜神灵的年龄
因为那些伤痛　我们说起小平
只是用一种方式
触摸他带给我们的一切
就像我在三室一厅的新居中
触摸刚刚做好的木质家具
感觉它们的真实和朴素
相信它们会伴我十年　二十年
乃至一生

这个说话时带着浓重四川口音的老人
这个比我的父亲年长二十岁的老人
这个和我差不多高的矮个子老人
我真的应当对他说声"谢谢"
他在设计中国的同时
改变了我们生命的轨迹
但是我说不出
这就像父亲和母亲
他们给儿女生命　和一些
与生命同样宝贵的东西
但是我们无法对他们说
谢谢　这两个字一旦说出
就有一些东西失去了重量

说起小平　在中国

一个普通家庭的餐桌上
五分钟　也许更短
然后我们说些其他的事情
比如女儿选择的专业
比如我们身边
正在建造的第四座跨江大桥
将给这座城市再一次提速
而那位老人　他在我们的生活中微笑
继续扮演着一个角色

2004 年 4 月

第二辑

雕刻

星　空

一帖古老的方剂
早已经被稀释成虚空

桃花是乡野中的极致
朝向高处移动的人
渐渐放弃了自己的影子

一些不明国籍的鸟
替我们在空中飞翔

2021 年 5 月 23 日

雕　刻

一个雕刻塑像的人
在晚年雕刻墓碑

塑像走进纪念馆
墓碑在野地里站着

他觉得这两桩事
没有什么不同

都是为死去的人服务
而由生者付费

2019 年 3 月 1 日

经过地下商场

四月犹疑不定
一场没完没了的雨
悠长如一段岁月

睡着的人梦见昨天
滑向深渊的轮子
满载醒着的死亡

时间忙于装修
夜空正在调试
等待星辰各归其位

2021 年 3 月 19 日

大年初一，有没有人恭贺棺材铺生意兴隆

死人的事情
是经常发生的

从一场大难中脱身
在病床上躺着
就想起这句话

除夕夜的爆竹声
一直响到黎明
蜷缩在暖被窝中
看朋友们在微信上拜年

有没有人会恭贺
棺材铺生意兴隆?

2021 年 3 月 18 日

三月即兴

没有一个季节像春天这样
有太多的寓言和理想
水杉沿湖岸排队
水中的倒影也站得笔直

把油菜花引种进大学
拍照的学生
误入江南人家
农学院笑得很灿烂

二月兰和三色堇
共同布置了一片草原
人工湖像一条注释
被小水鸡弄得凌乱不堪

2021 年 3 月 20 日

面　水

小时候站在河岸
总听到鱼在呼我
一群群小鱼儿在水面游戏
乱成一团，闪着银光
它们不停地叫着我的小名

现在水面静寂
没有叫唤声，也没有鱼
我长大了
小鱼们也长大了

长大了的鱼深潜在水底
和我们保持着距离

2021 年 3 月 21 日

四　月

离开的人带走了春天
留下的人两手空空

天空变幻因为有深藏的奥秘
湖水只是模仿

童话总在夏天发生
一盒生锈已久的订书钉
适宜装帧永恒

2021 年 4 月 23 日

前 路

落叶寻找哲学
花朵寻找归途
风偷着笑

盲眼人看见天堂的光亮
你交出钥匙
换取对房屋的所有权

一匹马相信了远方
从初一奔跑到十五
没有什么比石壁更及时的增援

一千只麻雀在天空
用飞行掩盖星光

2020 年 5 月 10 日

神　话

有人制造了航船
有人就为航船建造了灯塔

狼群在惊慌中逃遁时
羊活到了草色返青

越是盛大的晚宴
越是有意外空出的座位

城市建造不朽的神话
荒凉总被山河掩盖

盗墓人盗到自己的尸骸
浪花在礁石上朗读祭文

2020 年 5 月 11 日

方　向

相信航标的人
绕过暗流与礁石群
平安进入港口

葵花保留纯金的基因
喂饱日子
自有麦子和玉米

有人举着白旗
有人举着红旗
有人白旗红旗在城头变幻

谁会在一场大戏中
安排一个角色
留给自己放肆

2020 年 5 月 11 日

路边的白桦林

放弃一片山林的妄想症
绿色诊治人类

红松有更高的理想
铁轨承载记忆
小火车穿过一座隧道时
吐出了陈旧的棉袄

崭新的铁皮屋顶上面
雨水养不活瓦楞草
失而复得的村庄
漂浮沉着黝暗的面孔

口号已经挂在嘴边
呼喊的人丢失了热情

2021 年 3 月 19 日

山　寺

岸出卖了河流
石头求告无门

钟声泄露的绯闻
是去年解密的档案

打坐人从不沾谵语
梨花开满了桃树

云游僧云游归来
不认识新铺的石阶

2021 年 3 月 19 日

十一月即事

松鼠搬运越冬的粮食
河水念叨前朝遗事
石桥把驼背当作卖点吆喝

秋阳则一如既往
它一整天都在摆放的姿势
无可奈何地落入俗套

在树下闭目养神的那个人
梦见了儿时的果园

2018 年 10 月 4 日

这不是仰望

天空干旱　我们恰好
赶上星辰歉收的季节

把羊群关进栏里
没有雨水草原长不出草

万物匆忙离去
都说是它们制造了恐慌

我们只有一块天空
这有点儿少
湖水里的那块不算

2020 年 5 月 5 日

斯 夜

一些草被风吹着
它们就把风的方向
当作自己的方向

河流学会了静止
便不再苛求流动中的
激荡与舒缓

一场夜色就是一次洗牌
将一切重置
包括星空和年龄

马儿咀嚼夜草时
花朵在草原上醒着

2018 年 4 月 30 日

陷　阱

秋天过去就是冬天
而冬天　是猎人的季节

梅花鹿有一千种美丽的方式
但是她选择了死亡之美

猎人沉默　欣赏美
像一个旁观者

2018 年 10 月 14 日

破　城

守城的士卒突然发现
他们只是惨败于一场游戏

胜者与败者共同凯旋
冤死的人不再喊冤

倒塌的城墙重新站起
一件破衫混充大旗

2018 年 10 月 14 日

城　堡

城堡将被海水淹没
不是因为涨潮　而是因为
它自己　负载过重而沉降

海龟率领它的舰队
踏上寻宝之路
作为遗迹的灯塔指引航线

一千双长满牡蛎的眼睛
在水底看见天地重开

2018 年 10 月 15 日

刀　客

没有人能够混迹江湖太久
刀客一直在你身边

这个秋天必有一座松林
必有一个无月之夜
在你经过时　一出剑
月色朗照　天地间黑白分明

收手　你的暗器只适合暗夜
一缕月光直插你的命门

2018 年 10 月 15 日

落 雪

落雪不需要预言
需要预言的是雪中的故事

一个人的伞挡住了飘雪
也挡住了众多的目光

十字路口的灯是红是绿
我们看不见
伞下面的那个人看得见

2018 年 1C 月 20 日

六行（十一首）

之一

人像鸭子走路时
鸟找不到天空的门

守城人放行跛子和盲人
星辰朝天外逃奔

还在摆放飞翔姿势的
只是偶然保住了翅膀

2021 年 3 月 23 日

之二

楼群切割天空
堵车挤压生命

报纸找不到邮箱

油墨散发陈腐味
回迁的房客搬进新居
被一堆旧家具围困

2021 年 3 月 23 日

之四

青蛙跳上墙头
登天还差一小步

太阳耽误了伟大
杏花不侵犯梨花

支撑倾斜的大厦
跛足人用一根拐棍

2021 年 3 月 24 日

之五

伏击一座城池
带上谙熟的武器

树林不是唯一的清醒者

黑夜公开真相

大剧院还在上演
六十年前的热剧

2021 年 3 月 25 日

之八

一棵交不出果实的树
预感大限已至

从水面上缩回自己的手
雕像坐得很端正

钟楼已经老旧了
青春交由时针保鲜

2021 年 4 月 27 日

之九

以比黑夜更黑的方式
默认死者的权利

酿造师和吸食花朵的人
从已经腐烂的尸体上跨过

幕布合拢只是为了
保存上一次演出的布景

2021 年 5 月 10 日

之十一

把一只手伸入湖中
你也试探不出水的深浅

星空是一帖方剂
医嘱在风中不断翻新

玩水的人将自己
遗失在水面上

2021 年 5 月 21 日

之十二

石头打翻了椅子
童话从绘图板中逃逸

有人粉墨登场
就有人在谢幕后卸装

桃树上结桃子
杏树上结杏子

2021 年 5 月 22 日

之十三

暖阳是一粒药丸
郎中说包治百病

年少时患尿床症的人
长大了患梦游症

黑夜降临时
我们正在玩手机

2021 年 5 月 23 日

之十四

一片云与另一片云换防
青花蛇成功游到对岸

太阳并不急于施威
夜色需要一场雨的掩护

盲眼人丢弃了手杖
一盏灯在树枝上摇晃

2021 年 5 月 29 日

之十六

星辰在夜空中开会
他们的机密从不透露

铁匠铺越来越少
宝刀亡于锋刃上的钢

歪嘴的和尚念经时
菩萨正在敲木鱼

2021 年 6 月 3 日

第三辑

七棵树

小　麦

我播种小麦的那些年

土地还算肥沃

我们撒下种子　麦苗就像我们期望的那样

从土层中钻出　冬天到来

它们贴服着泥土总能扛过严寒

在融雪之后蓬蓬勃勃

那时候我们对收获没有太高的期望

看见麦子在风中摇动　看见

它们抽穗就知道　它们不会辜负六月

收割过后我们会在田地中

捡拾遗落的麦穗

为每一粒麦子深深弯下腰

2020 年 6 月 23 日

石柿村

在石柿村　太阳很远
阳光从千山之外赶来首先照临的
是那些屋顶　灰黑色的瓦顶
高低起伏　沿着山势绵延

然后　光芒会朝下缓缓移动
屋檐下的金钟花、吊兰和草本海棠
成为幸运的受惠者
差不多时间　窗户和木板楼
也被阳光唤醒
一些人走来走去　像是一部老电影中
走过场没有一句台词的群众演员

再往下是石砌的墙壁
石缝中的枯草已经返青
背阳处的苍苔提示大山中岁月的艰辛
再往下才是那个
在矮墙的墙脚下坐着的老人

他一直坐着　一直在等候

属于他的那道阳光
他的双手拢在棉衣的袖中
焦黑色的棉衣棉裤
和不那么焦黑的一张脸
在垒砌那堵矮墙的所有石头中
他是最年轻的一块

2021 年 2 月 13 日

七棵树

三棵是银杏
另外四棵
是两棵乌桕和两棵香樟
据说其中最年轻的
也已经 700 多岁高龄

在村子后面的高坡上
它们常常开会
讨论一些严肃的问题
七个老人　七个长辈
对一座村庄仍然负有责任

每隔一段时间　村干部们
也会在这片小小的林子里
坐一会儿　这时候风就会吹动树叶
发出沙沙的响声
他们在这响声中看着自己的村庄
再看看远处　千山之外
他们看不到的河流和原野

而石柿村就这样在岁月中
缓慢地变化　但是坚守着
某些原则　像那条依山的小街上
所有房舍石砌的根基

2021 年 2 月 14 日

给一位古琴演奏者

七根弦分属不同的时刻
因此你在漫长的时光中舞蹈
艰难而快意

在春天醒来，一条匍匐的蚕
轻若游丝的踪迹
最终仍被判定是一次僭越
七根弦无一幸免，它们绷断时
细雨正打湿
一朵玉兰花蕾的啼哭

焚香。净手。调音
你正襟危坐，在一支琴曲中
和我们相遇、离别
静若天边那颗刚刚能够看到的
淡黄色光亮的星

2021 年 2 月 27 日

二月紫

——给妻子卡佳

开蓝色的花，因此还叫
二月蓝。在一片临水的小树林中
它们拥挤着，像无数
亲密无间的小姐妹

她们要开一个月的花
整整一个月。雨可能会打落一些
但是一定会有新的花开出
就像换岗接班的士兵

三月来临。一再降临的倒春寒
我能够信赖的物事已经不多
但是这些花儿，这些蓝色的拥挤着的姐妹
她们值得我再一次期待

启真，这是我起名的一片湖水
悠闲的秧鸡和敏感的小䴘䴘
都已经归来。而我也要启程
还有许多必须的冲锋等待我前往

二月紫。我知道你就在我的身后
今天。明天。直至
我的原野再一次春暖花开
直至我在一片蓝色中融化。如梦

2021 年 3 月 9 日

冬　至

冬至大如年
母亲说过的这句俗语我一直记着
母亲说每年冬至
老板要请伙计们吃饭
这顿饭可不好吃
吃完之后老板会告诉每个人
谁明年还留下
谁将卷铺盖走人　在冬至到过年
这段时间可以另谋高就

我不知道现在的老板
请不请工人吃冬至饭
春运就要开始
浩浩荡荡的人流中
有多少人持有的是单程车票

2019 年 12 月 9 日

清明节在钱塘江祭舅舅

那一年葬你于一江浊水
骨灰撒尽之后
白色的布口袋在水面上漂了很久
仿佛不愿离去

如今我再来看你
我告诉你人世间出大事了
冠状病毒已经让数万人成为冤魂
假如你在那边看见成群的人
咳嗽着经过
你要离他们远一些

你在的时候总爱议论天下大事
只是这人世
从没给过你一展抱负的机会
我熟悉你的固执
想你现在肯定一如既往
而这世间也和你在时一样
有人关注家国命运却连芝麻大的权力都没有
有人手握权柄

我们又总是无法看透真伪

江水东流　太多的朝代
都这样随水流而去
你且在这钱塘江入海处坐看沧桑
方便时　保佑我们这些
总听你说古论今的后人

2020 年 4 月 5 日

很少的人

只有很少的人能够这样　在午后
在浅浅的光照中静坐
把那些奢啬的光芒消费成一叠一叠
最小的分币　只有很少的人
能够不说话　也不刻意沉默
从一棵树的方向注视我们　以微笑
对待我们的胡闹和肆意挥霍
只有很少的人　在他们离开时
留下一张空空的木椅　让我们以为
从来就没有人在上面坐过

玉兰花

去学校食堂的那条道路
两旁种满了玉兰花树
春二月　最先开放是纯白色的
她们站满了树枝　像是一些急于
向天空表达某种愿望的孩子
熙熙攘攘　纷乱　不守秩序
在她们开放得兴致阑珊之后
紫红色的玉兰花接踵而至
她们浓艳　张扬　像是一个班级上
最调皮最不听话的那一群
当她们也尽兴表演过后
最后登场的是几棵茵绿色的
也许因为这是玉兰花的告别演出
她们有一点儿小心翼翼
但却是最美最惹人怜爱的
差不多一个月　一场玉兰花的
接力　在这条路上展开
她们从不攀比　从不相互妒忌
她们知道自己的美　也知道
其他花儿的美　她们只管

跑好自己的那一棒　每天
我都走在这条道路上　因为她们
我的春天被延长了三倍

2020 年 3 月 25 日

从启真湖回家

玉兰花已经落尽　细小的树叶
从裸露了一个冬春的枝条上
小心翼翼地长出　好像一些孩子
急于想把某些秘密和我们分享
紫藤选择了一座石桥
在桥的两边　一串串紫花
像果实一样垂挂　沿着湖岸
垂柳又开始风情万种　细长的
柳丝一直在戏弄水波　而湖水
保持平静　从隔岸的水塘
飞过来的两只白鹭　像是串门的
邻居　和水鸭与黑颈鹅嬉戏
全然不把自己当作客人
选择一条路回家　那儿
香樟树正将陈年酒液一样的红叶
挑拣出来　安放在路边
经历过一场突然而至的风雨
三月末的这一天　万物各归其位

2020 年 3 月 2 日

经过一棵高大的栎树

黄昏调侃一棵树的方式是
让阳光斜斜地落下
经过一座建筑的筛选
一部分高处的树叶在光照中闪烁
而另一部分低矮的
深陷在阴影中　并且与那些光亮的树叶
反差越来越大　这时候一棵树
就被一把长剑斜劈成两半
它们在各自的世界中摇晃和生长
直到那把长剑渐渐升高　高到
整棵树都沉入阴影
夜色的到来恰到好处　像救世主
使分裂的两部分合二为一
重归一棵完整的树
在我们无法看清的幽暗深处

2020 年 5 月 22 日

不需要所有的鸟儿都叫

我只听到一只鸟儿的叫声
尖细的　感觉那是一只
历世未深的稚鸟
它叫两下就停一小会儿
然后再叫　再停一小会儿
像是一个演员在练声

因为它的叫声　我知道
在我的左侧　在这片生长着
栎树、苦楝、落叶松和低矮的
冬青树的小小的林子里
至少有一个鸟的家族
固守家园　在其间安居乐业

2020 年 6 月 3 日

胖麻雀

我的小区旁边是一片树林
那儿居住着许多鸟儿
早晨　两只麻雀从树林方向飞来
在我的阳台上　站在晾衣竿上
聊天　它们吃得胖胖的
显然是营养过剩　早春三月
薄薄的阳光温和地洒落
不远处的河流闪动银色光斑
我阳台上的两只麻雀　一会儿
抖动脑袋和身体　一会儿
在晾衣竿上轻快地跳动几步
我一直注视着它们
绒球一样的胖麻雀
无所事事　像所有在村口的大树下
爱饶舌的村妇一样的麻雀
它们懒洋洋的　说话声像是在
争执什么　又像是闲聊一些
无关紧要的事情　小小的嘴巴
翕动着　吞咽这个春天的阳光

2016 年 3 月 21 日

濒死者

一个濒死者
我们在他身上搜索到王冠
一枚失窃已久的怀表
和一张没有日期的车票

我们不能让他肮脏地
死在这个文明之地
因此我们试图把他送回来处
或者车票上面
他要去往的那座城市

可是我们发现
那两个地点都不存在

现在　他还在
这个我们无法送走的不死的濒死者
他像一根生锈的钉子
肮脏地　镶嵌在我们中间

让所有的活着
显得如此可疑

2017 年 5 月 2 日

劳动节

放假五天
去医院看病要挂急诊

还在劳动的两位医生
一边问诊一边做作业
她们足够辛苦
时而相互讨论
时而通过手机查询准确的答案
她们的认真程度
绝不亚于那些听话的学生

输液大厅空空荡荡
五一节大家都很健康
只有我不合时宜地
咳嗽　并且不合时宜地
持续着低烧

看着药液通过输液管
一点一点　在那个小小的窗口
无辜地滴落　我很自责

为影响了那两位医生
道歉

2021 年 5 月 1 日

老　屋

我们搬家之后
老屋做了人民旅社
小镇上很少来客
老屋在很长一段岁月中
空着。空得心慌

最近一次回到小镇
老屋正好拆迁
残垣断瓦和木门木窗
像是一个流落而来的异乡人
被草草收葬

记得院子里
还有一棵高高的广玉兰
在又厚又密的叶子中
大朵大朵白色的花
开得自重而傲慢
如今也不知去往何处

在小镇中闲逛

发现当年的老房子
基本上已经不在
有一些拆得早些
有一些刚刚被推倒

它们经历各不相同
结局都一样

2021 年 5 月 8 日

手握农具

这些天特别想回到家乡
想手握农具
在一小块土地上
种植与收获

不思虑国事
不争辩对错
也不看微信和诗歌
云过云的日子
风过风的日子

庄稼在身边饱满
河水在身边流淌
朋友们散落在远方
回忆中都是美好

偶尔想起一座城市
有隔世的犹疑

2016 年 7 月 16 日初稿
2021 年 7 月 15 日修改

木 椅

最早是从学校借用的
我刚刚毕业留校　从学生宿舍
搬到教工宿舍　所有的家具
都在一张借据上　由我
签字暂存　后来再搬家时
其他家具都还了　唯独这张椅子
留下　那个月我的工资单上
学校扣去1元2角
数十年　我一直用这张椅子
坐在案桌前读书　写作
一开始用钢笔在稿笺上写
后来换成一次性自来水笔
再后来在电脑上写　打五笔字型
感谢这张椅子　它一直结实
也从不闹情绪　而我不在时
它就空着　忠实地在一间
空寂的散发出书籍陈腐气味的
寓室中守候　有那么几次
我远远地看着它　木质的
淡橘色的油漆已经斑斑驳驳

一个人坐在上面　孤单　僵硬
在这样一张平淡笨拙的椅子上面
他从书生弱冠到华发满头
从年少气盛到随遇而安

2020 年 8 月 15 日

婴儿游泳抚触中心

一只一只浴缸
给他们建造了两个世界
刚刚离开的母腹
和已经到达并将要在漫长的时间中
面对的人世

那些小小的裸体
男孩和女孩
他们还不知道未来的艰辛
他们只是在水中浮动着
手舞足蹈　时而
转动几乎和身体一样大的脑袋
朝向四面张望

在回到母腹的舒适
和对这个新鲜世界的惊奇之间
他们不断摇摆
一会儿靠近这边
一会儿靠近那边

2019 年 12 月 24 日

哭

好像在来到人世之前
他们有过约定
每一个新生儿出生后的第一次发言
无一例外　都是啼哭

有的哭声高些
有的低些
我注意了一下　大部分宝宝
并不是真哭　只是干号
只要把他抱在臂弯里颠几下摇几下
逗逗他　很快就停了
一副应付例行公事的态度

也有个别哭得很认真
撕心裂肺　不依不饶
很显然　对于未征求本人意愿
强行送到这个凶吉未卜的人世间
他十二万分的不情愿

2019 年 12 月 24 日

无　端

来过的人又走了
留下空空的客房

一切仍将回到从前
从一口水潭中溢出的水
短暂地流动后仍将
流回那口水潭　这就是生活
反复回到某个起点
然后归于沉寂　归于幽暗

只睡过一晚的床上
床褥平平整整
枕头和蓝碎花的小棉被
摆放的位置和我准备时一模一样
风过无痕　我试着
朝半空中伸了伸手
果然什么都没有抓到

用一张旧床单

我把它们盖上

2018 年 9 月 27 日

捡垃圾的人

捡垃圾的是个老年人
他在垃圾桶里翻拨
寻找可以卖到钱的东西
翻着翻着就把垃圾弄到桶外面
撒了一地
然后他又把这些垃圾
再聚拢起来
一一送回到垃圾桶里
做这些事的时候
他不停地朝周围看看
生怕被别人发现

2019 年 8 月 10 日

一分钱

丁红过马路时
捡到一分钱
她交给警察叔叔
受到表扬
后来我过马路时
眼睛一直盯着地上
但是没有捡到钱
五十年后同学聚会
丁红告诉我
其实那一分钱
是她自己的

2019 年 8 月 8 日

入　席

入席要懂规矩
哪儿是主席
哪儿是宾席
谁该上座
谁该下座
弄明白这些
就是用脑袋指挥屁股
你的座次就有望
一步步上移

妆

演了一辈子的戏
上台前化妆
下台后卸妆
偶尔也想到过
拼上一回
素颜直上舞台
临上场还是乖乖地
坐到化妆台前

2019 年 8 月 8 日

关于水井

是我的先祖先宗
留下这无法拒绝的遗产

我们享用井水
在井台上淘米　洗衣服
把井水担回家烧茶煮饭
我们就以为井水
是这世上唯一的水

那些沿河岸走去的人
那些现身大海的人
无论走多远
都听见井水的叮嘱
井水便成为
石头和绳索

穷尽一生
我们坐井观天

2018 年 6 月 8 日修改

在养老院

这些人聚集到这儿
像是在一辆知道确切终点的
公交车上
他们要花许多车费
自己积累的　儿女的　或者别的什么人的
为了抵达那个
万分不想去的地方

2018 年 10 月 7 日

麻将桌上的四个老人

两男　两女
可能是两对夫妇　也可能
不是

现在　在这间
还有少许阳光可以照进的屋子里
四个人和一副塑料的麻将牌
就是世界的全部

这是古老的游戏
他们熟悉规则
他们都经历过太多的牌局
太多的成王败寇
如今　输和赢都可以坦然接受

阳光正好
从窗口吹进的风正好
一副该和的牌
一失手
从眼皮下面滑过的胜局正好

偶然看一眼窗外　几片树叶
七分矜持　三分孤寂
落下来的姿势　正好

2018 年 10 月 9 日

炎　夏

从手机微信上　朋友发过来
荷花和一池碧水　其实

我就在杭州　西湖和荷花
就在我再熟悉不过的城市

收留我的空调房　长 4 米　宽 3 米
正好　能容思考来回碰壁

伸一个懒腰　动一动腿
不小心就触着了谁的美意

这是炎夏　12 平米的清凉
足以招安一个人的雄心

而西湖的荷花　近在咫尺
却有无法抵达的遥远

2021 年 5 月 10 日修改

用放大镜看一张药品说明书

字太小。戴上老花镜
也看不清。吃药的事性命攸关
你不得不格外小心

即使放大了的文字　你还是
读得云遮雾罩　分子式
固然看不懂　适应证好像能对上号
用法和用量也还算明确
像我这样的成人日服三次
每次一粒　饭前还是饭后没写
看上去可以随意
没有治愈率，只有一长串临床试验数据
28%、25%、43%……
总之不是你想象的那样药到病除
而毒性和不良反应则排着一条
不长不短的队伍
关键是每一条都标注：机理不明

看了老半天　我还是懵懵懂懂
太多的专业名词和太多的不确定性

这与我们的世界有一比
无数的医生给出了看不懂的药方
我们吃药　痼疾越治越多
我们不吃药　又担心病入膏肓

2020 年 9 月 25 日

二　月

独自走在去往春天的路上
看草色一点点绿了起来
忽然想起同行过一程路的那个人
去年他被一阵风
吹倒在秋末冬初的黄昏
他倒下时沉重的身体
压在厚厚的落叶上
就好像堆积了一秋的树叶
就是为了在那一刻稳稳地接住他
为了不让他的最后一跤
跌得太重太惨

2015 年 5 月 7 日初稿
2020 年 2 月 26 日修改

写于某帝陵前

昨晚　我在你的帝都
一条灯如游龙的大街上喝酒
几个老友新朋将烤羊腿和诗
调制得五味俱全

今天　我来看望你
漫无目的地拨弄几块石头和荒草
我不是你的臣子　也不是你的子民
因此可以放肆地说东道西
甚至对着墓道
痛痛快快撒一泡尿

虽说是本家同族　我还真不愿意
和你拉扯关系　就算你重新醒来
我也学不会下跪叩头
我们见一回足矣　以后
你走你的路　我过我的桥

你有江山壮威
我有诗酒做伴

2019 年 3 月 5 日

一瓢米

对于一个普通的人
一瓢米就是一瓢米

对于一个种过庄稼　并且
年年在青黄不接时挣扎着无计可施的人
一瓢米还是
水田　青嫩的稻秧　犁铧和镰刃上面
季节残酷的反光
还是日复一日走过稻田
期待稻浪金黄稻穗垂头那份
焦虑与渴望

这些年我浪迹四方　无论走到哪儿
行囊中总带着一瓢米
对于饥饿的恐惧如影相随

2019 年 4 月 19 日

在茶吧

茶吧在半山腰
因此沿石级攀登
是第一道浓酽

湖山在轩窗外面
白鹭有选择地降落
一棵树与另外一棵树
有不同的级别

茶还是龙井好
喝了许多年也没有变味
生活则另当别论

再过两天便是立夏
终于可以围桌而坐
论一番庚子春的雪雨阴晴
绿叶在水中沉浮有致

预约一条归来的轻舟
等候接天莲叶和映日荷花

2020 年 5 月 12 日

三个平行房间中的女人

她们做各自的事情

寻找各自的欢爱或者忧怨

她们有各自的床　各自的衣橱

衣橱中各自的内衣　胸罩　长袖和短袖的

连衣裙　各自的围巾和帽子

在化妆柜上　有各自的

化妆水　粉底　唇膏和胭脂

她们描画各自的眉和眼影

今天天气不错

阳光让城市像一个

青春勃发的小伙子　可能还是一个

深谙情事的三流明星

被晒暖了的道路、建筑

甚至公交车站的篷廊和站牌

都散发出这座城市特有的气味

她们穿上各自的鞋　带上各自的手包

她们打开门

她们朝同一个方向的天空看了一眼

然后走上街道

现在　她们是同一个人

同一个女人　就像这条街上的行道木
是同一棵树

2020 年 2 月 18 日

第四辑

蓝房子

晚　景

夕阳西去
鸟群向东面飞翔
一座山峰
固执地留在原地

默认它们的选择
到来的黄昏
静穆如故人

2020 年 4 月 18 日

有　客

约访的人还没有到
没有约访的人
已落座闲聊

世事无解
且在一杯热茶中
读沉浮清浊

玻璃窗户外面
是东山的那片枣林

2021 年 1 月 27 日

拈花一笑

莲花上坐着的佛
走下莲花
坐在一条木板凳上
也还是佛

2020 年 5 月 6 日

建工学院

单瓣桃花、梨花和
一大片油菜花
建工学院正被园艺师
改造为江南水乡

隔着马路的池塘
白鹭和灰鹭占树为王
总有一两只越界而来
站在钟楼的顶上

摆出一副
眺望远方的姿势

2021 年 4 月 13 日

开黄花的鸢尾花

选择一片水岸
与白鹭为邻
但从不客来友往

水清时照照镜子
水浊时看落日老去

开花的日子很短
等待开花的日子很长

2021 年 4 月 22 日

在杭州想起林和靖

那时候孤山还在郊外
远离杭州城的灯火
山脚下有许多石头
他选择一块在上面坐着
一会儿看看梅花
一会儿看看他养的那些鹤
我发现其中有一只
正在模仿先生的修行方式
它一会儿看看梅花
一会儿看看另外的鹤

2019 年 8 月 16 日

树　叶

鸟飞到那根树枝上时
一片树叶正好落下

鸟不知道这是一次偶然
还是前世已定的因缘

现在，鸟代替那片树叶
在树枝上站着

2020 年 1 月 16 日

边　缘

走到喧闹的终点
便是静寂

家门永远是关闭的
羊在悬崖上等待　小小的
白
如此温驯

2019 年 5 月 1 日

铎 铃

山空月静时
小和尚和老和尚
守一座古刹度夜
寺院檐角的铎铃
风动铃响
风不动，铃也响

小和尚很纳闷
怎么这样像他念经
他认真念
师父很高兴
他不认真敷衍应付
师父也很高兴

许多年后
小和尚成为老和尚
在一座山中读经修持
他读一句

远方的那座佛殿
铎铃就响一遍

2021 年 3 月 17 日

蓝房子

只有神会选择在这儿
盖一座小房子

林木从未停止生长
落叶的和还没有落叶的
它们朝向画面之外延伸

昨夜的落雪
如同我们期望的恰到好处
给大地、树林与木屋
堆积静谧与遐想
不会过于厚重
也不会过早融化

一把锁　象征性地
挂在门上　神在这儿等待
五岁时候的我们

2021 年 2 月 3 日

芦花母鸡

一早上　它就
懒洋洋的
先是在家门前的空场地上
踱来踱去
然后就趴在暖暖的草堆下面
晒太阳

但是这并不影响
它在中午之前生出一个
漂亮的蛋蛋
一个棕壳的足够大的有着
一只鸡蛋标准外形和内涵的蛋蛋

对于生蛋这项工作
芦花母鸡从不含糊

2021 年 1 月 22 日

守

有敲门的声响
接着
是踏着石级远去的脚步声

孤寂如一盏青灯欲尽仍燃

一头花豹倏忽而过
贴着淡青色的山影

2021 年 1 月 27 日

晨　起

牛奶和一本书
保持每天的角度

海在赶来的路上
早点在海的后面

睡不着的时候念一首诗
饿着的时候想想经典

2021 年 4 月 23 日

校园即景

梨花不喜欢桃花
教学楼保住了尊严

天空像刚拧干的毛巾
石桥沉入记忆

湖边长椅上的女学生
打开一本笔记簿

2021 年 4 月 27 日

那些去向不明的人与事

桃花有桃花的隐秘
杏花有杏花的心思

石桥成全河水
河水成全小家碧玉的江南
折柳人错过了柳树

青瓦粉墙移动一幅水粉画
过桥而去的女子
走入外婆家的乡野

苇叶摇动，有人在水埠上喊——
请送我回家

2021 年 6 月 3 日

落　叶

秋天的
通关文牒

从北到南
风只管
一程一程地递送

2020 年 4 月 7 日

冢

涉水而去的人
已带来问候
牧羊人收回鞭声

天空如一只瓦钵
倒空了所有的水

最后的小火炉
保存最初的暖

2016 年 3 月 29 日

月光落在瓦顶上

月光落在瓦顶上
一楞一楞　青灰色的瓦
镀一层银白之后
仍然是青灰色的

瓦楞草仍无睡意
轻轻晃动着
像那些习惯于熬夜的诗人
有点儿小小的兴奋

2020 年 4 月 15 日

山中听雨

雨在窗外
群山在雨中

云霭占七分天空
剩三分光
正当时　正好

茶饮到微醺
书翻到半卷
这世界差不多
也就如此

闭目　凝神
只想听一听
雨打千山

2016 年 6 月 20 日于德清裸心谷
2020 年 9 月 18 日再改

择时下山

雨过　天
欲晴未晴

我们拄杖而行
四只摇摇晃晃的鹅
步下石阶

雾霭朝山外飘去
下山的路有许多条
它和我们
不在一条路上

回头看山坡上
昨夜住过的那幢小楼
不知道今晚
会住谁

2020 年 9 月 18 日

217

即 景

一个刻意避开春天的人
走在落日的余光中

走着走着　他的身影
便与一片树林重叠
与一座低矮的山岗和平缓的山坡重叠
与庄稼和村庄深色的影子重叠

渐渐淡出
黄昏的有与无

2019 年 1 月 4 日修改

夜　坐

一片月光捎信
今晚　你或将光临

温一壶暖酒
用小炭炉
不必太旺的火

一枝梅花在窗外
因才高而气傲

你来与不来
这棋局
都无人能解

2019 年 1 月 5 日

遥　约

借此雪夜
你我手谈一局
如何？

你执白
我执黑

只一盏灯
便不再需要
人世间所有的光

今晚　世上万物
天地的归天地
上帝的归上帝

大雪和酒
归我们俩

2019 年 1 月 7 日

空 山

秋风吹空一座山林时
蝴蝶以树叶的姿势落下

下山去的僧人走在石阶上
他在想　这个季节
谁与谁相约于江湖?
谁又与谁缘尽红尘?

满地黄金和警世的梵钟
他只带走了
那只装酒的葫芦

2019 年 2 月 6 日修改

雀　舌

雀舌，茶名。成品茶形状小巧似雀舌，故名。

因着连绵不绝的雨
春天迟迟不肯露面
此刻　全赖这几点绿意
沉浮于杯水

且饮　且等待
等待湖岸柳垂挂出
丝丝新绿　等待那些花儿
该红的红　该紫的紫

一杯雀舌　正好
这贮藏了一冬的绿　正好
不妨闭户　把阴霾晦雨
一概关在门窗外面

独坐　先听几声
水中浮起的鸟鸣

2019 年 3 月 6 日

读玉（四首）

玉　佩

在泥土中沉埋了千年
现在重见天日
像是被误判了的囚徒平反获释

这个世界你已经不认识
也没有人把你系在
锦袍的一角　满大街招摇过市

你现在是宠儿　享受顶级待遇
被精心安置在一只
雕花的小木盒中　藏入
保险箱　只等待随岁月升值

仔细想想　这和埋在那口
棺木中　与一具腐尸为伍
真没有什么不同

2019 年 3 月 17 日

223

玉　虎

出自商代
黄玉　这是玉质中
很名贵的一系

细小如一只竹筷的
一小截　虽说不上价值连城
至少也值六位数

其实就是一口哨
雕刻成虎形
虎身上钻了几个小孔
倒回到三千年前
也就一公子哥　或者稚童
在巷口玩玩儿
吹出几声脆脆的哨音

时间能够成就什么
没人说得准

2019 年 3 月 17 日

盘龙璧

也就手表那么大
据说一个顶级工匠
要雕琢半年

两条龙　就因为那把刻刀
相互纠缠　相互争斗
你中有我　我中有你
谁也离不开谁

玉不琢不成器
从一块璞玉到传世珍宝
要挨多少刀

那两条龙仍在盘斗
它们沉浸于自己的游戏
人世间的事　在它们眼中
了无兴味

2019 年 3 月 19 日

卧 女

在一片芭蕉叶上
她的酣睡
静如一颗莲子

全裸　唯一把
小团扇
遮挡住敏感部位

是一个女人的肌肤
温润如玉
还是一块玉
丰腴如女人的身体

在我们手中传递时
她有些羞涩

2019 年 3 月 19 日

龙井茶传人

你炒了一整夜茶
手掌上
还有茶香　没有洗净的
青绿　和一只传世铁锅
炙烤过的恒久

我们喝你的茶
一芽一叶　这个春天
最早的绿经过你的手
沉与浮
都成为涅槃

这个喧闹的世界
总还有一些
需要敬畏的物与事
此刻　一杯茶
正好　安安静静地品味
安安静静地看窗外——

车水马龙
白驹过隙

2019 年 3 月 20 日

白蛇传

她吐一吐信
一则传奇瞬间中招

她再吐一吐信
石壁一样的天空
被闪电
击穿一个窟窿
漏出天外面的光

此刻我在西湖边
左望是雷峰塔
右望是断桥
想念一条修炼成精的蛇

是她的毒液
又一次
成全了西湖的美

2019 年 11 月 6 日

大山中

群山矜持
群山如得道的佛陀般矜持

唯一僧
青布衫飘飘袅袅
过涧
过壑
过坡
越一片松林而去

一路追赶
下山的梵钟

2018 年 4 月 1 日

古 桥

在桥的那一边
盛唐在招手
两宋在招手
大清王朝的龙椅上坐着的
社稷江山　金戈铁马　腥风血雨
在招手

卖鸡蛋的老人
端坐在桥面上
他伸出一只手

有人说他是在告诉我们
这座石桥
经历过五个朝代
也有人说
他只是表示
鸡蛋五角钱一只

2018 年 12 月 8 日

穿旗袍的女人

1

穿旗袍的女人
是水做的

她被沏成男人的
一杯茶

可供品色
可供回味

2

她是她自己的
一碗清水

3

波浪与起伏
袒露与隐藏

柔媚与激荡
韵律与格局

一件旗袍中
有诗与故事

4

穿旗袍的女人
是把旗袍
穿给自己的

美　是自己的
精致　是自己的

水韵桃花
松风古月
都是她自己的

5

一茶
一月

抚琴人偶一抬头
茶与月之间

一件旗袍
恰好
一个穿旗袍的女人
恰好

天风地韵
月色生香

6

躬身于青草地的人
静听花语

他看见三月
正一件一件地
褪却冬装

漫天而来的
花香与体香

7

山已微醺
在一只茶盅中
立足不稳

一件旗袍的醉

动与静

有时候和那片云有关

有时候无关

2019 年 7 月 29 日

第五辑

甘南：花与灯

村庄与寺院

它们在远处的山间

耀眼的金顶和寺院棕红色的院墙

土黄色的村舍和灰黑色的屋顶

那些高高低低的房宇

毗连成一片　似乎默守着

某种久远的约定

近处是低缓的山坡

更近处是茵绿的草原和在草原上

吃草的牦牛群

看着它们你会觉得在这尘世

神灵和我们和世间万物

各司其职　正在共同做一桩事

遥　远

在一片草坡上
有三个人

两个是喇嘛
他们穿着棕红色的僧服
另一个是藏族大妈
灰色黑色白色相间的服饰
和那张饱经风霜的脸
看上去她更像是一尊雕像

他们都在看远方
喇嘛和喇嘛站得很近
大妈坐着　距他们稍远
在这座山坡上
他们的构图保持古老的均衡

草原无尽地向前延伸
低矮的群山也是一片苍翠
好像在这个世界上
除了草原　还是草原

再也没有其他存在

而那些野花　它们一片一片地
有时候是一抹金黄
有时候是一片淡紫
在青嫩的草海之上漂浮着

他们一直看着远方
我不知道他们看到什么
太远太远的地方
那不是我们的目光能够看到的
那需要用祈祷注视

花的原野

这一刻我想起玛拉沁夫
他可能已经年迈
可能已经成为一朵接近地平线的夕阳

但是他的花还在
他最早带给我们草原和草原上
一整片一整片的野花
那曾经是我们最宝贵的财富

今天　我来到草原
黄色的花朵　紫色的花朵　红色的花朵
我把每一朵
曾经在你文字中给予过我们的花朵
重新敬献给你

一个因为你而热爱草原的人
此刻在无边的花海中想念你

藏族姑娘康卓草

眼睛像草原上的花朵一样美丽的康卓草
歌声像草原上的流水一样甜美的康卓草

十七岁的康卓草
我们下榻的民宿父母手掌中
绿松石一样珍藏的康卓草

这个夏天过后
康卓草就要离开扎尕那
她就要成为一名大学生 *

她会把美丽带到她的学校
她会把歌声带到她的学校
她还会把美丽和歌声带往远方
很远很远的远方

在热姆酒店民宿的四楼
康卓草为我们唱歌时

---

* 我们在扎尕那时，康卓草已经收到甘肃民族师范学院的录取通知。

所有的群山所有的草原所有在夜空中闪烁的星辰
都在聆听

花与灯

在甘南的一座寺院中
上师很耐心地给我拨亮一盏灯
后来我走进草原
在一片花海中行走　我看见那盏灯
开放着　和其他的花儿
一起摇曳　一起
为我的远行祝福

在大草原上认识花儿

每一种花都有一个名字
银莲　翠雀　雪绒　勿忘我

不要以为所有的花名
都笼罩诗的光环
还有大火草　猫儿菊　婆婆纳
甚至狗娃花　脚汗草

有这些名字的花儿
也开得很漂亮

在夏河县城与一位喇嘛擦肩而过

大路朝天　你走你的一半
我走我的一半

南风吹雨　北风吹沙
我们的行走都没有弄脏尘土

卓玛旅馆的玻璃门上
映着一小片蓝天

红色的僧袍是一朵云
灰色的 T 恤是另外一朵云

桑科草原

被足够的雨水温润
草地像是刚刚从一场梦中醒来
所有的草都站得直直的
以为自己是这个世界上最幸福的草

花朵则在草海上漂浮
有时候是一片淡紫
有时候是一片金黄
有时候则是五光十色的明艳

一群牦牛涉过浅水
它们显然已经被草原的丰沃娇惯坏了
并不急于享用美餐
只是在河岸惬意地徜徉

给若尔盖下热尔小学的孩子们

你们是这片草原上
最美最美的花儿

你们有理由在每一个早晨
在每一阵吹过的微风中
尽情摇曳　并且相互
在轻轻的碰撞中传递内心的秘密

总有一些时候　星辰
在高处注视着你们
夜空是另一片宽广的草原
星辰就是天空中的花朵

在宁静的夜晚　你们可以
和那些星辰说话
就像和草原上的格桑花说话
和蓝色的风信子说话

而你们的梦　就有花的馨香
和星辰闪烁的神秘

尕海湖

远远地看见你　便明白那是
长翅膀的鸟和不长翅膀的上帝共存之地

湖水幽蓝　群山在对岸　它们低下身影
把更多的天空留给飞鸟和翔集的云

嫩草和野花一直朝向远方蔓延
终止于远山和天空交际处平缓的曲线

在若尔盖看星空

今晚　夜空是另外一片草原
它们同样有丰沃的水草　有成群的牛羊

星辰是如此亲近　这些高处的花儿
撒满夜空　闪烁亘古的神秘

格桑花的香气　勿忘我的香气
龙胆紫和覆盆子的香气都在夜空中飘溢
今晚　我要告诉远方　远方的远方
我在若尔盖　在星空之下草原之上

我是一个幸运的人　一只小小的杯盏
星辰与花朵都富足有余　盈盈地斟满

第六辑

原林镇

在原林镇

在原林镇　天空瓦蓝
而云朵如泼洒的牛奶般漫溢

在原林镇　低矮的平房
红色的屋顶　蓝色的屋顶
烟囱和炊烟保留古老的创意

在原林镇　无论你朝哪个方向望去
绿色都不会太远
去林中采集蘑菇的人们
带回来一篮子一篮子
快乐的疲倦

在原林镇　一阵风吹来
你就嗅到红松林的气味　嫩草和野花的气味
牲畜粪便的气味

在原林镇　夜空渺远而星辰低垂
奶牛群踏着月色回家

养牛人告诉我
还没有亮起灯光的那座房子是他的家

2017 年 8 月

格桑花　蜀葵　虞美人

她们现在在我的院子里
这些小姐妹
这些被疼爱加身的孩子

红色的裙子　粉色的裙子　月白色的裙子
风凉凉地吹着
她们的裙子便不停地摆动着
争相向我们展示快乐

紧挨着她们的是豆荚　玉米棵
叶子茂密的马铃薯
他们来自更加现实的世界
那是她们的兄弟　这些被疼爱加身的孩子
她们需要有肩膀更加结实的兄弟

岁月将从她们身边流过
就像流过所有的以往　照耀她们的太阳
为她们而升起的太阳　此刻
安静而专注

2017 年 8 月

月亮挂在白桦林的上空

下了一整天的雨　此刻月亮
挂在白桦林的上空

远处　低缓的山坡上
仍有雾气升腾　仍有薄云缠绕黛色的峰顶
这是大兴安岭的深处
夜的脚步迟疑不定　大森林
像散步的哲人一般静思

我们已经错过太多的黄昏
错过太多林中小路上斑驳的月光
错过太多紫色的龙胆花和黄色的金莲
她们透过树叶
仰望新月时的痴迷

月亮还在升高　挂在
白桦林上空的月亮　今晚只属于我
和这片静穆的树林

我和它坐在各自的空旷中
守候夜的到来

2017 年 8 月

在马哥家中吃饭

40 度的玉米烧
——他已经喝了两杯
60 度的高粱烧
——只喝了一杯　不是酒量
不够　是他媳妇不让他再喝

"我们往火车上搬木头
八个人　干了一整夜
装了满满两列火车
那时候　国家需要木材呀！"

马哥是林场工人
他说在山里干活　砍树
背木头　累得像头驴
能让他坚持下去的
就两件事　喝酒和想媳妇

又倒了一碗啤酒　燕京牌
罐装　血肠和烤牛肉
都还有大半　牛肝菌炒肉片

野生黄花菜（都是大碗装的）
已经凉了　星星在窗户上

大兴安岭连绵的山脉
山影幽暗　在星空下面
安卧　像一个听话的孩子

2019 年 6 月 15 日

割草的人

他直起腰　他的草帽
便从高高的草丛中浮出来
像一条
到水面吸气的鱼

割草的人一身草色
他的长柄镰刀贴着地面划动
他已经尽力
而草海　茫茫的茫茫的草海
只有小小的一片
倒伏在他的身后

落日下沉　割草的人
还在草地上　在渐渐暗下来的暮色中
他已经和草连成一片
或者　他就是一根草
随风起伏　在绿色的波浪中

他的草帽　金黄色的
一个小小的圆点
浮动着　似有若无　割草人所有的努力
都是为了那顶草帽不被草海淹没

2018 年 6 月 30 日

炊　烟

那些略显矮胖的烟囱
它们在蓝色或者红色的铁皮屋顶上
很敦厚地站着

轻烟升起　淡淡的　淡淡的
仿若草地上
淡蓝色细小的花儿
你从未注意过它们的存在　也从未
把它们从房舍、泥土路、长满青草的乡野
和漫过山坡的羊群中
区分出来

淡淡的炊烟
在原林镇　在一户一户的屋顶上
像我们熟悉的手势一样飘动

于是　我们曾经的岁月
在灰暗的屋子和灰暗的生活中

由一座灶膛的柴火

燃烧的光焰　小小的期许与温馨

便重新点亮

2018 年 8 月 26 日

在原林镇的日子

这一个星期
我脱离尘世

大兴安岭腹地
这片低缓的坡地上的小镇
八月　我从南方的酷暑和庸常生活的
喧嚣中逃离　在一座小平房中蜗居
偶尔到镇上走走　偶尔
在早点铺和一早就在这儿喝酒的
老林业工人聊聊天

生活缓慢而透彻
去东山的白桦林采集蘑菇
去北山的溪桥等候落日
在一直延伸到远山脚下的大片大片
麦地和油菜花地边
回忆南方五月就已经落尽的
油菜花　恍若隔世

当炊烟在那些红色、蓝色的屋顶上
升起　我走在回家的路上
为牧羊人和她的羊群让路

2017 年 8 月

牧羊女

遇见她在东山脚下
我们去山上采蘑菇　而她
和她的羊群正开始一天的生活

她站在我们对面　更靠近山的位置
穿一双运动鞋和灰色的
运动衣　她告诉我们　她已经
六十一岁　她的早餐
在背上的双肩包中　而她的羊群的
早餐在山中

她有三百多只羊
白色的一片　现在铺呈在她的脚边
它们缓缓地移动着　缓缓地散开
向山坡上漫延　一只牧羊犬
警觉看着我们　一声不吭
它的凝然不动更像是一块石头

我们和她告别
看着她的红色双肩包　排在白色的

羊群最后　在灌木丛和裸露的岩石之间
跳动着　终于隐入
松树林和随风起伏的野草

2017 年 8 月

起 夜

在原林镇　半夜醒来
我在种有玉米、马铃薯和矢车菊的
院子里　撒完尿
抬头看一眼排列有序的星辰
以及星与星之间
更加旷远的幽暗与深邃
不远处　我白天去过的东山
静卧着　平缓的曲线清晰可见
风凉凉地吹过　在一座城市
居住久了　此刻那一排排
平房　一座连接一座　它们的影子
如同另一个虚幻的人世
在天空、大地和群山共同的静谧中
我嗅到了黄金花和铃兰
扫帚梅和雏菊　它们淡淡的香气
在这个夜晚潜伏而来
并且一直　飘往夜空中的星辰

2021 年 1 月 20 日

第七辑

关于父亲的一首诗和
母亲的六首诗

父亲读我的诗集

斜靠在那张旧藤椅上
这是父亲习惯的姿势
在我的记忆中他以这个姿势
读了大半辈子的书
读王维和艾青
读普希金和朗费罗

现在　父亲读我的诗集
他读得很仔细
一页一页地翻过
偶尔停下来　抬一抬手
好像要把什么东西赶走
老花眼镜的镜片后面
一双目光像灼烫的火钳

我悄悄地离开
那一刻我觉得自己就是一个
走进医院因为害怕打针
又悄悄带着病历逃走的孩子
我已经六十九岁了

但是我从来都不知道
该如何与父亲相处

我把父亲和我的诗集
留在屋内　留在他的藤椅上
留在从落地玻璃窗
斜照下来的薄薄的光芒中

2018 年 9 月 12 日

坐在海岸上的母亲

母亲坐在海岸上　她凝然不动
像一块石头
一块伫望海水的石头

我不知道她看到了什么　真的不知道
八十六岁的母亲　她有太多的故事
太多的辛酸　太多的不平　太多的艰难
因此　我无法看到她所看到的东西

我从来没有看见过母亲落泪
也从来没有听见她叹息命运
母亲一直都是一块石头
坚硬地坐着　坚硬地　面对风浪与苦咸
而把我们藏在她的身后
藏在风吹不到浪打不到的地方

现在　母亲坐在海岸上
她的面前是大海　落日坐在大海的对面
此刻大海就是一架天平

母亲一生的岁月就和一颗太阳
放在天平的两端

2009 年 11 月

母亲来信

当我们习惯于提起话筒
把远方那些熟悉的名字
简化成为一串阿拉伯数字
对于我们　收到信件
已经成为一种奢望

在依然给我写信的人中
母亲的坚持最为绵长
她不给我写太多的信
也不会太少
在我开始盼望的时候
那只整洁的白色信封
总会像鸽子一样扑进我的窗口

母亲当过小学教师
她写信的字迹
一如她工整的板书
母亲总是用最简短的语言
讲述她要说的一切

在一封一封来信中
我聆听到的母亲
娟秀　朴素　细密
像古老的汉字一样
经得住长久的回味

晒太阳的母亲

母亲坐在阳台上
在一张旧藤椅上晒太阳
晒着晒着　她就睡着了
晒着晒着　她就在阳光中飘浮起来

大概是要将过往的岁月中
那些欠缺的睡眠都弥补回来
母亲睡得很熟
睡得像树林中一截低矮的树桩

上帝是公平的　母亲一生
都在艰辛中度过
她的晚年　上帝让她无忧无虑
让她拥有一张阳光中的藤椅

九十三岁的母亲在阳台上睡着了
九十三岁的母亲现在是一只鸟儿
她愿意飞翔就飞一小会儿
愿意睡觉就落在一根树枝上

闭上眼睛　听凭
太阳和上帝安排

2016 年 10 月

梳头发的母亲

在刷牙、洗脸、搽完雪花膏之后
母亲开始最后一项程序：梳头

一块专用的蓝花布披在肩上（母亲从不肯
让一根头发粘在她的衣服上）
一把不知道用了多少年的木梳
已经断了两根齿　在头发中缓缓来回

母亲一直这样梳头　一直
直到把黑发梳成了白发
直到把一个大家闺秀
梳成了皱纹满面的耄耋老人

我相信她一生梳落的那些发丝
一定飘落于某一块净土　在那儿存放着
就像她一生的日升月落
一定会在一片干净的林子开花结果

瘦得像一把干柴的母亲
高挺的胸脯已经渐渐佝偻的母亲

她在梳头　我站在她身后
从那面镜子中注视她过往的面容和身影

那些银亮的发丝就渐渐妥帖下来
它们安稳　安静
像是被抚摸过的婴儿

2018 年 8 月 19 日

母亲有双红鞋子

傍晚的时候　坐在斜照的阳光中
母亲忽然说　我有一双红鞋子

母亲要找出那双鞋
我只好打开鞋柜　一层一层
里面放满了鞋　有的用牛皮纸
或者旧报纸包着　有的还在鞋盒中

我从来都不知道母亲有这么多鞋
我一个一个打开　皮鞋布鞋　棉鞋单鞋
多年前流行的白色的胶底鞋
还有一双年轻时穿过的绣花鞋

穿着这些鞋　母亲走过多么漫长的路
她的岁月总是充满坎坷
每走一步都要使出全部力气
每走一步都在几乎跌倒时艰难站直

终于　我找到那双红鞋子
麻线纳的布底　红绸面料

我拿起来给母亲看　她点点头
她把鞋穿上试了试　又脱下

母亲说　就是这双　这是我的寿鞋
我走的时候　要帮我穿上

2018 年 8 月 25 日

母亲不认识我了

母亲已经不认识我了
我在她的床前　我把她的手
衰草一样羸弱的手握在我的手心
我看见她望着我时
目光中的犹疑　看见她
尽力回忆时尴尬的表情　看见她
把头侧过去　片刻　又转回来
盯着我　长久地盯着我

母亲已经不认识我了
九十五岁的母亲　深陷在一堆
被褥中　瘦成一根干柴的母亲
她认不出她的大儿子了

这些天　我陪着母亲
我喊她　一遍一遍地喊她
我和她说话　我把这辈子的废话
都在这几天说了　我从电脑中
找出我能够找到的照片
我去年在美国旅游的照片

我参加诗歌活动的照片
我读大学时的照片
我给母亲看　反反复复地看

这些天我只有一个期望
母亲能像每一回我风尘仆仆回到家
她看见我时那样说一句：
"曙白，你回来了！"

2018 年 11 月 28 日

第八辑

往事

寿　衣

一个人　一生
只死一次
因此寿衣要十倍地重视

过去人们比较看重嫁衣
女儿家出嫁之前
要在闺阁中花几年时间绣一件
让自己鲜亮的新衣
那大概是因为
那时候人们一生也只结一次婚

许多年前　我认识的一个人
他七十八岁的时候
预感到自己已不久人世
他准备了一套寿衣　从里到外
一共有七件　那时候穿七道领
被认为是最为讲究的死
不过在一次抄家中
他的寿衣被作为"封资修"抄走了

后来　那个老人怎么也不肯
将就着死　他一直在等他的寿衣
等了整整十年　他走的时候
还是穿着七道领　风光无限

2014 年 6 月 14 日

银杏树

那个夏天发生了两件事
一件事是女校长游街
她被剃了阴阳头　由一群学生押着
双手绑在身后　弯着腰
一个男生牵着捆她的绳子
像牵着一条狗
年轻漂亮的女校长
学生们的目光一旦在她身上停留
就不肯离开的女校长
那个下午突然老了　突然
一头白发　另外一件事
是学校的一棵银杏树
那么高那么高　据说已经有一千多年
伸展的枝叶的浓荫
几乎遮蔽了整座校园的银杏树
被锯了　木料做成课桌课椅

2019年4月19日

语文老师周忠林

他不教我们班的课
因此我只是认识他并不熟悉
他个子矮矮的
和那个正在被打倒的 "第二号走资派" 差不多高
不过他恰好是
造走资派的反的造反派
他造着造着　就成了县革委会的副主任
（那时候这种事很平常）
他在有很多很多人的大会上做报告
可能是因为长得矮
他说话时一跳一跳的
好像在不断地抓空中的一只苍蝇
所以整场报告
我们就看着他跳
至于说了些什么完全没听清
后来不知道为什么
他又回到学校教课
在讲台也是一跳一跳的

我听他的课时就常常分心
想着他为什么总抓不着苍蝇

2015 年 7 月 14 日

英语教师丁眉

她是上海人
她长得很漂亮
那时候在我们小县城
一个上海人可了不得了
一个漂亮的上海人就更了不得了
我们上晚自修时
她有时会到教室来转一会儿
她说你们看我这身衣服好看吗
我穿来就是让你们看个够
先习惯习惯
免得明天上课时只看我的衣服
不好好听课
后来她自杀了
从护城河中捞起来时
她穿着一身漂亮的新衣服
我和同学去看她
就想起她说的话
明天上课你们要注意听讲
别光顾着看我的衣服

2015 年 7 月 14 日

钱　福

钱福是拍屋匠　那时候他对我说
只要坐在屋顶上面
他就是皇帝佬儿
当村子里最后一间草屋
也被一座二层的小楼替代
他坐在屋顶上的岁月像帝王逊位
好景不再　我看见他
绕着村子转圈　转了一天
腰就弯了　转了两天
背就驼了　转了三天
他把拍屋的用具一一扔进小迁河
概括他的一生
前半生是屋顶上的皇帝
后半生就是个驼子

2014 年 5 月 11 日

冯 二

冯二也是下放的
但他不算知青
他下乡时都五十二岁了
哪里有五十二岁的知青
何况他也没啥知识
只读过两年私塾

下乡之前冯二在镇上上班
一个居委会办的小厂
他做秤　这是个稀罕营生
方圆数十里
家家户户　包括做买卖的
用的都是他做的秤
下放以后他时不时
还到镇上摆个摊
自书一块硬纸板的招牌
"正业挑粪　副业钉秤"

生产队睁只眼闭只眼
也不去管他

后来有人反映到大队
这个"资本主义"的尾巴
就藏不住了
他做秤的家什被没收了
副业被砸
只好死心塌地做正业

没几年他就病死了
他做的秤杆末都有"冯记"二字
现在是收藏品

2020 年 5 月 18 日

土　台

全生产队的人都说

土台上有一条蛇

只有队长不信　日复一日

他每天上土台两次

早上唱一次《东方红》　用一只

自制的洋铁皮喇叭

召唤全队劳动力上工

晚上唱一次《大海航行靠舵手》

那是宣告收工　大家可以

回家　烧饭吃饭上床睡觉

终于有一天队长从土台上

摔了下来　右腿靠近脚踝那里

有蛇咬的伤口

在一条腿和性命之间

他还是选择了后者

剩下一条腿的队长时不时挂着拐杖

远远地看着土台

那上面半人高的荒草

随风飘动　深不可测

他还是不相信
真有一条蛇咬过他

2020 年 1 月 22 日

铁姑娘小分队

铁姑娘队是学大寨的产物
大寨有铁姑娘队
于是每个生产队都成立铁姑娘小分队
大寨有个郭凤莲
于是每个铁姑娘小分队都设有队长

我们队的铁姑娘小分队
有过三任队长
第一任高红英五大三粗　且黑
是名副其实的一块铁
第二任周来英是个美人儿
用现在的话说是"队花"
她身材高挑　皮肤白得像城里人
大眼睛　嘴唇有点儿上翘
但不影响她的漂亮
第三任吴小英是队长的老婆
他的男人新任队长时
她接任了周来英的分队长一职

周来英则嫁给了一个木匠

远去外乡后便没了消息
高红英和同队的周国忠结婚
生了四个孩子　三男一女
只有吴小英　一天早上
有人发现她淹死在一条小河沟中
那河水还不及她的胸
没有人知道出了什么事
那个年月没有人报案也没有人追究

自从吴小英出事以后
铁姑娘队就解散了
三任队长都很拼命　都想成为郭凤莲
那些年她们领着一帮年轻女劳力
干最重的农活　双抢时当男人使
铁姑娘队共有十二人
她们的姓名我已经记不清了

2020 年 6 月 9 日

毒蘑菇

老金婆娘不是饿死的
她是被毒蘑菇毒死的
春天的雨后她从树林中
采回来半篮子蘑菇
有人告诉她那是有毒的
吃下去会死人的
老金婆娘说　我知道
老金婆娘把蘑菇洗干净
放了点盐煮了一小锅
她在佛龛前点上一支香
她说老头子已经饿死了
儿子已经饿死了
我不吃这些蘑菇肯定也饿死
我吃了兴许菩萨会保佑
让我再活一些日子
第二天一早人们看见
老金婆娘死在家中的床上
她的锅里还有大半锅蘑菇

大家说她不是饿死的
她是吃毒蘑菇中毒死的

2019 年 3 月 9 日

吴成田

他死于腹痛
那年二十三岁

在公社卫生院　在那个
因为一场细雨而过早暗下来的黄昏
女医生为他煎中药
煤饼炉温和的火光正好适合
中草药的温顺

她是个好看的女孩子
初中毕业
她想治好这个社员　这个阶级兄弟
她觉得这是她的责任
但是她只有那些草药　只有煤炉和煎锅
她以为这些能够治愈他的胃病

草药的气味在到来的夜色中弥漫
但是吴成田已经等不及了
他痛得在病床上打滚　痛得满脸大汗

在送往镇医院的路上
他死了
我们抬着他的那块门板一开始还在颤动
后来就安静了　安静得像那个晚上
幽暗的田野　和我们在田野上看到的
没有一颗星星的夜空

那时候我们都不知道
什么叫盲肠炎
那个穿白大褂的小姑娘
她也不知道

　　　　　　　　　　2020 年 5 月 16 日

没有一根杂毛的猫

那几天落雪
没法下地干活
大队派工作组到我们生产队
主持队长改选
工作组的组长姓包
是另外一个大队的大队长
我们都称他包大队长

包大队长说　这次改选
要选一只没有一根杂毛的纯白的猫
就是向上数三代
都是贫下中农　亲属中
没有一个人有历史问题
于是全村老少
将近百口人在生产队队部开会
寻找那只没有一根杂毛的猫

雪一直落着
会一直开着
全生产队的人筛过一遍又一遍

那只猫还是没有出现

终于在第七天
包大队长的那件已经洗得发白的
草绿色军大衣
没有在雪地中的乡路上晃动
他出问题了　经调查
他的一个舅舅当过国民党的兵
他也只是
一只有杂毛的猫

后来　会就不开了
队长还是原来的队长
雪　也不落了

2020 年 5 月 17 日

第九辑

抗疫诗选：死亡提醒

2020 年春天的尿不湿

报载，出征驰援武汉的医疗队，每个人的装备中都有一袋"成人尿不湿"。

我感觉到一种悲壮
风萧萧易水寒的悲壮

许多年前我就对自己说
不写颂歌　再也不写颂歌了
但是今天我无法再坚持
我觉得写一万首颂歌也不足以
表达我对你们的敬意

我知道此刻　前方的战斗
是何等的胶着　何等的惨烈
八小时的抢救与医护
每一秒都是冲锋陷阵　每一秒
都是从死神的镰刀下抢夺生命
身着厚厚的防护服
你们没法上厕所　也没有时间上厕所

2020 年春天　这场大疫
注定会写入我们民族的灾难史
2020 年春天　一种叫"尿不湿"的纸质品
也注定会被我们记住　作为这章史书上
一条小小的注释　带着永远的痛

我知道　这场疫灾总会过去
一场大难也总会让我们重新认识一些事物
比如什么叫"大医精诚""悬壶济世"
什么叫"不为良相，则为良医"
而我　此刻唯一的祈愿就是
上苍啊　你保佑他们每一个人
都平安归来

写在诗后

　　好几天前就看到一则在抗疫第一线的护士日记，讲述在病房值班六小时，没有一刻稍停。因为没有时间去洗手间，护士们上班前都不敢喝水吃早饭，只用几块巧克力补充体能。看到一张新闻照片，一支一百多人的救援队，由后勤部门准备的统一行李箱中，都放有成人尿不湿，我更真切感受到前方医护人员的艰难。穿着纸尿裤上阵，这恐怕是人类抗疫史上最惨烈和无奈的一战。一口气写下这首诗，我为他们骄傲，为共和国有他们庆幸，也为他们的安全祈祷祝福。

2020 年 2 月 10 日

开往春天的死亡列车

这个春天的桃花是红色的血
这个春天的梨花是白色的肺

这个春天我们注定无法自由地呼吸
我们的窒息
没有一台呼吸机能够缓解

死神在每一个座位上
安置了它的启动器
每一次轻微的震动都可能是致命的

这个春天的梨花是白色的肺
这个春天的桃花是红色的血

2020 年 2 月 25 日

死亡提醒

收回钟声与飞翔的鸟
收回一个花季对秋的瞭望

经历过黑色的春天
我们不知道还能信赖什么
这个世界所有貌似生命的存活物
都可能是病毒的宿主

用不了多久　　就会有人给这段日子
重新命名　　就像给一只旧桶刷一遍新漆
而遗忘已经开始蔓延
像三月的荒草迫不及待

只有那些骨殖盒　　只有它们
还在以集体的沉默
对抗风蚀　　拒绝成为一场晚宴的摆饰

2020 年 3 月 24 日

这是整个人类的灾难

假如还有最后一只试剂盒
请留给那个母亲怀中的婴儿
不管她是白皮肤、黑皮肤、黄皮肤
她目光中的清澈
是这个世界的未来

假如还有最后一台呼吸机
请留给那个安静的老人
不管他是教授、富甲一方的企业家
还是曾经的邮差、管道工、售货员
他的一生都值得珍惜

而我要去播种矢车菊、铃兰
播种风信子、勿忘我和格桑花
当它们在原野上一片一片地开放
春天就会带着温暖的鸟鸣
重新回到我们这片大地

今晚，挤满天空的星辰
都凝望着我们。我们没有另外的家园

只有人类共同的仁慈、智慧和勇气
能够救赎自己，能够让我们这颗星球
一直是旷茫宇宙中的希望

2020 年 4 月 5 日

今　晚

沿着湖岸沿着柳树下的小路散步是不是一种罪过
在一片虞美人花前驻足赞叹它们的美是不是一种罪过
这些白色的、橘色的、粉色的
和罂粟同属一科的花儿在月色下摇曳是不是一种罪过

这残忍的春天的夜晚呀

2020 年 4 月 20 日

寂静令我心乱

这几十年
我一直生活在一座大学校园中
我熟悉那些熙攘与喧闹
熟悉林荫道上背着书包的匆忙身影和自行车的铃声
熟悉球场上的奔跑、争抢和摔倒
熟悉食堂窗口排队的拥挤
熟悉铁打的营盘流进与流出都是活力四射的年轻

此刻　我走过静如未开垦地的校园
在图书馆门口　关于闭馆的通知
像一只白色口罩

2020 年 4 月 20 日

第十辑

病中书：窄门

宽与窄

——为同题诗《宽窄之诗》所作

经历过那扇门
我再也无法说"窄"

与死神已经打过了照面
虽侥幸脱身
终未能全身而退——
生命的一部分被门缝夹住
留在了门的那一边
于是我知道生与死挨得这样近
只是一扇薄门的咫尺

假如在两山夹峙之间
还有一只蚂蚁可以越过的线道
那就是足够宽阔的青云大路

2020 年 12 月 19 日大病过后

2020 年 11 月 5 日

1

他们把我推进一间
写着"手术室"的房间　就像推到
一个无比巨大的舞台的中央
这是早上七点半
舞台上所有的灯光都已经打开
耀眼得让人觉得这不是真实的人间

2

仰卧于一张窄床
头顶上是两只无影灯　每一只
由许多白亮的灯泡组成
（我很有兴致地一遍遍数过
但是手术之后便再也想不起来
那是 32 只还是 33 只）
它们直视我的目光说不上友好
但是也没有恶意

3

在我的周围晃动　白色的身影
十个　也可能更多
一个白发老者进来（他是今天手术的
第一助手）开始指挥一场大剧的序幕
当他们喊他"老爷爷"时
一串轻笑声像吹进密室的微风

4

对面　一块白色的大墙上
关于我的生命体征的影像很夸张地
演示着　那几根曲线
绿色的　蓝色的　黄色的
（它们现在代表着我）平缓地移动着
至少表明　我还活着

5

到时候了　麻醉师
开始给我注射药物　只一瞬
那些人物和场景　包括代表我的曲线
都远离而去　人世间的一切
复归一场黑暗中的虚无
我安静地（也没法不安静了）

等待一把手术刀和上帝宣示我还能不能
看到 11 月 6 日的太阳

2021 年 1 月 14 日

2020 年 11 月 6 日

1

我睁开眼

白色的天花板　有点儿遥远
白色的墙壁　怎么这样陌生
白色的仪器　它们在偷窥什么

白色的窗帘　有微薄的阳光
像施舍一样照进来

一个护士守着我
当然，她也是白色的

2

我在重症监护室
也就是人们常说的 ICU

我的身上有许多管子

它们现在维持我的生存
一些管子把我需要的东西
一一搬进体内
另外一些管子则负责把废弃物
从体内搬到体外

会有一段较长的时间
我要和它们和平共处

3

护士告诉我
我的手术进行了七个半小时
而我已经整整
昏睡了 28 小时

未来有一天　在统计我的生命时
这 28 小时是不是应当剔除在外?

4

两个医生进来给我做 B 超
这大概是术后的例行检查

他们大声讨论着
时而大惊小怪　时而又恍然大悟

全然不顾我的存在
还好我听不懂那些专有名字
只弄懂了一点：在我的腹部
相当于一座城市的中心地带
被七切八切和再加工
空出了一块黄金地块
（未来会招标出售吗？）

身体中的一部分已经永久丢失
这个躺在一片白色中的身躯
还是 28 小时之前的我吗？

2021 年 1 月 15 日

与疾病语

该来的客人
终于来了
聊备一盏暖茶
我们谈谈天

往后一段日子
我们就是左手和右手
形影不离
你别嫌我粗鄙
我也不怨你乖张
有什么芥蒂
我们好好商量

春天很快就到了
我们不妨去河边
栽一棵树
我学着开花
你等待结果

2021 年 2 月 5 日

病中辞

——写在第五次化疗前一日

风可能有一千只手
我能握住的只有一只

红梅和白梅都开过了
接下来该是玉兰吧
那些小小的花骨朵在光裸的树枝上
已经站了整整一个冬天

除了那只冥冥中的神秘之掌
谁还能决定花开花落
时光总是在你身边滑过时
留下无法擦干净的斑迹

这个下午我走过校园
祝福每一朵盛开的花
也祝福已经开过和即将开放的花

2021 年 2 月 7 日

除 夕

一只在年初
还活蹦乱跳的老鼠
现在蔫蔫地　告别鼠年

昨天刚从医院回来
化疗的反应依然存在
护士忘了给止吐药
胃就像这阴沉沉的天空
随时可能落雨

看澳网比赛　才第二轮
中国军团便全军覆没
回忆有李娜郑洁的年代
在这块中国网球的福地
至少有金花打进第四轮

岁月轮回　总会有我们
不愿看到的事情发生

而一头牛的牛头已经探进
栅栏外面的阳光

2021 年 2 月 11 日

住　院

病历显示，自 2020 年 11 月至今，3 个月中已住院 10 次。

来往的次数多了，就像是
走一趟亲戚
四天，或者一星期
看自己的状况和主人
留客的意愿

每回总要去看一下
上次住过的病房
同过病室的老朋友一般都还在
而我睡的那张床
从没有一次空着

在医生查完房护士挂点滴之前
总有些间隙时光
在病床上无所事事地躺着
和病友闲聊

说说各自的病情和家常

这时候照在家中阳台上的
阳光，也穿窗而入，斜斜地
照着小半间病房

2021 年 3 月 1 日

汪师傅

他是我手术后请来的护工
见面时告诉我他姓汪
汪精卫的汪

他照看了我 44 天
细致　周到　专业
他告诉我哪些医疗项目是自费的
可以不用尽量不用
时不时还提醒护士的操作
不过在医生查房时从不插话

他来自安徽农村
除了照看我　他把自己的日子
也照看得有滋有味　每天早晨泡一杯茶
（他喜欢家乡的毛峰和杭州的径山茶）
一早锻炼身体
晚上用十五分时间泡脚
在手机上听黄梅戏
和在家乡的老婆聊天
给同样是护工的老乡出主意

如何讨回老板克扣的工钱

出院时我想给他一本我的诗集
他说他看不懂　但是收下了
我送了他的两罐茶叶

昨天收到他的微信
担心疫情蔓延　他下午就回老家
挣钱要紧　保住性命更要紧
我问他什么时候再回来
他说还没定　先过完年再说
他的微信昵称是：天天快乐

2021 年 1 月 16 日

102 岁的那个老人走了

102 岁的那个老人走了
就在一周前的一个晚上
他走得很安静，并没有
如我们想象的那样弄出太大的响动

他在这个病区住了 14 年
已经没有人知道他是为什么住院的
只知道他没有了记忆
不能行走，不能说话
偶尔由护工推着轮椅出来
在走廊上转几圈
眼睛左顾右盼。和我擦肩而过时
我能感觉到他用目光和我招呼

他的病床号是 57
除了医生和护士查房，没有人
还使用他的名字
这 14 年他就是 57 床
他此前的历史，他的官阶
（能在这儿长住的至少在厅级）

在 14 年前都已经清零
而现在，他在这座医院的 14 年
和他的一生也已经清零

他走之后，他的病床
空置了两天
现在已经住进新的病员
那是又一个 57 床

2021 年 6 月 21 日

送女儿回美国

再一次，你独自远行
我已经无法说清
你是离家还是回家
太平洋的海水早已经无法阻拦你的飞翔
只希望大洋两岸的两个家
一样让你牵挂
也一样给你温暖

多么匆忙
我们甚至来不及给你
过完生日
四月，这幸福的一月，这残酷的一月
这花朵渐渐落去
但小小的果实也探出脑袋的一月
这在我的家乡
麦子挺拔着长高
急不可耐地孕育和灌浆的一月

哦，你已经不是
我们屋檐下的那只雏燕

但你永远是我们的燕子呀
无论飞到哪儿
你学飞时的一颦一笑
都是我们永不褪色的记忆中
最珍贵的画面

真的感谢你的归来
在我们最艰难的日子里
有你相伴的时光
就像这个冬春老爸进出医院
像去邻居家串门一样频繁
但每一次，总是云开日出，总是有
幸运的阳光照耀出征与归来

老爸还要战斗
一场接着一场
不管你在身边还是在远方
你都是我们的支撑
有你虽然遥远但却无时不在的目光
老爸决不后退

放心地远飞吧
我的女儿

2021 年 3 月 24 日晨 6 时 27 分草于浙一医院病榻

补遗

一盏灯

在夜的深处
在这片树林的边缘

我也有一盏灯
我的灯和那盏灯互不相识，也互不影响
两个走夜路的人
偶然同行，偶然交换一下目光

那时候群山黝暗，大森林辽远无际
我知道在森林之中，在我看不到的深处
一定还藏有其他的灯

2021 年 12 月 11 日

驱　赶

无数的蚂蚁
无数的、无数的、无数的蚂蚁
附着在一根
叫人民的骨头上

我的后背痒痒时
就挠一挠

2021 年 12 月 24 日

改　变

河流没有改变它的流向
树林和它依托的一片山岭没有改变稳固
天空、星辰和大地上的阡陌
没有改变它们的朴素

我们的悲剧在于，我们以为
这一切都已经发生变化

2021 年 12 月 24 日

冬至日有感

当我们在习以为常中学会了放弃
当我们将寒冷视为蜷缩的理由

当我们耕种的庄稼顷刻枯萎
当家园被一场大雪倾覆
我们找不到可以穿过寒冬的门

曾经凋亡的再一次凋亡
而此刻远离的，不再回头张望

那些代替树叶在树枝上站立的鸟
它们也很快就会
因为降霜和雪寒而远走高飞

2022 年 1 月 4 日

渡

在漂浮于水面的麦秸秆上
一只虫子用尽一生从这一端爬行到另一端
它发现
尽头，并不是岸

2022 年 1 月 14 日

鸭子坐在薄冰上

春天是一只鸭子的季节
作为先知
它坐在一块薄冰上顺流而下

鸭子一路宣讲春天的意义
鸭子讲着，青草就发芽了
鸭子讲着，杨柳就在风中舞蹈了
鸭子讲着，虫子们
从泥土里从枯叶间探出头来
打量这个新鲜而又老旧的世界

而作为鸭子的宝座的浮冰
渐渐融化
越来越薄，越来越薄

鸭子落进水中是迟早的事
但鸭子毕竟是鸭子，每一年它都落水
又怎样呢？

2022 年 1 月 17 日初稿
2022 年 2 月 16 日改定

青辣椒红辣椒

青辣椒青
红辣椒红
秋天我要归去
秋天我拎一篮子辣椒回家
青辣椒给母亲做菜
红辣椒挂在屋檐下

青辣椒青
红辣椒红
母亲已经不在了
灶膛的火灭了
炒辣椒的呛味儿
飘到我去不了的地方了

青辣椒，红辣椒
灭了的灶火没人点燃

2022 年 1 月 22 日

山中黄昏

一整个下午
他都在清扫进山的路

满山间树叶纷飞
红的叶，黄的叶，褐的叶
像理不清的经文

梵钟声响起时
他一回头
又见落叶满阶

2022 年 1 月 22 日重写

远　望

黄昏到来时，我独自
站在一座桥上
只是为了看河水东去
看在远处的河岸空荡荡的原野上
孤立着的一棵树
远远地看过去，我几乎能够确信
它就是我儿时的大平原上
每座村庄都生长着的皂角树
天空正渐渐暗下来
河水闪着微弱的光亮
那棵树像是在一趟列车远去之后
被抛留在站台上的
唯一一位旅客

2022 年 2 月 4 日

途 中

站在空旷的野地上，当你把远望转换成凝视
一棵树将土地、河流、村庄和正在到来的夜色
——移出画面

大地凹陷处，一匹马的背脊在黝暗中耸动

2022 年 2 月 6 日

群山暗淡

群山暗淡，群山暗淡于
沉沦的落日和云翳，暗淡于从山谷中
无端升起飘忽不定的烟气

已经没有谁能接替下一个时刻

那将要到来的必将到来
没有最暗只有更加黑暗
在我们认识的夜中从没有一个信使
能够成功穿越

群山暗淡，这时候从山林中飞出的鸟
它们将在何处找到安顿之地

2022 年 2 月 14 日

黄昏的河流

无人关注的河流，只有携带
树枝、草叶、野花和各种虫子的躯壳的水
总在重复一个遥远的故事

一只白鹭的降落让黄昏交出了权杖

苇叶和草茎仍在摇动。它们所等待的月夜
还会一如既往吗？

2022 年 2 月 15 日元宵节晚

静夜里的灯

深藏着，像我们
一直都在寻找而不知所在的
某个存在

黑暗，更深的黑暗，更深更深的
黑暗。集结所有的黑
只为了围剿那一盏灯吗？

从未刻意显示光亮刻意孤傲的一盏灯呀

这最低处的星辰
大地用它的手掌托举着

2022 年 2 月 16 日

春风是把杀人的刀

总说是秋风无情
有谁知道春风的酷严
一把温柔的刀
斩多少英豪于月下花前
不见伤口
不见滴血

你喊：梨花呀
梨花不应答
你喊：桃花呀
桃花不应答
梨花银子一样白
桃花印戳一样红

十里春风薄薄的刀
三月四月
睡觉养生

2022 年 2 月 16 日

十一支白百合和三朵向日葵

它们到达时我正在午睡
它们没有惊醒我，只是悄悄地
进入我的卧室，也进入我的梦

十一支白百合和三朵向日葵
我是如此在意这一束
燃烧的金黄和纯净的白
在春天迟迟不肯到来，在飒飒的风
依旧带着寒意从不远处的湖上吹来的
这三月的第一天

有很长时间我在床上
背靠着结实的柞木床帮半坐半躺
我看着那束花，看着绿色衬托的白与黄
看着它们努力地绽放着，惬意而满足
我想，我已经有春天了

2022 年 3 月 2 日

网

有许多年,我是那张网上
众多蜘蛛中的一只

是什么时候破网而出的?
我记不清。只知道现在那张网于我
在与不在都已经无所谓

闲来泡一杯茶,看水汽
淡淡地升起,然后飘散,从有到无
像是被我们遗忘的某些人与物事

夜还在窗外。可能还有星辰
但那是别人的夜,不是我的

2022 年 3 月 3 日

最后的光

那时候我已经从启真湖边返回
走过那座石桥，突然就看到
扑面而来的一排银杏树
那些光就在树叶上匍匐着
深秋的银杏一片金黄
一些光很安静，像听话的孩子
也有一些因为树叶的摇动而轻快地
跳跃着。它们明亮，但不灼人
照耀，但不张扬。而那些银杏树
似乎只是一个我们熟悉的邮差
把一份丢失已久的邮件
重新投递给我们。如此美妙的一刻
我相信这是单独赐予我的
拍照时我摘下灰黑色的帽子
把在一场手术后就无法伸展的胸
尽可能在这个傍晚的阳光中挺直

2021 年 12 月 2 日

寂　静

跨过那条河流，寂静
是最美艳的花朵

羊群蹑行，牧羊人的鞭声
召集暗夜的使者

立于旷野手指远山的人
见到了光

穿过黑夜

——读李曙白的诗

由于《诗建设》的机缘，认识李曙白先生已许多年了，他是杂志社几位年轻诗人的兄长。在大家的交谈中，他总是带着沉默的微笑，几乎没有听到他谈论过自己的诗歌。与他谦逊的性格匹配的是显得清癯瘦弱的身影，当我读到李曙白的这些诗作时，我一眼就在文字中重新认出了他——

> 蛰伏于深山的禅院
> 山僧步下石阶
> 他看一眼青山
> 便敲一下手中木鱼
>
> 穿过云和雾
> 响声里的白

(《绝色》)

诗中的山僧理应就是诗人的自我镜像。他置身于友爱的诗友们中间，却带着深山禅院的沉静，在尘世，他神往的是"一张白纸的白 / 一片雪地的白"，他把白称为"绝色"，或许无意识地

如此阐释了自己名字的意蕴。的确，他的沉默时常让人感到就是
"穿过云和雾"的木鱼声里的一片曙白。他的安详如"到来的黄
昏 / 静穆如故人"（《晚景》），他的无言让远离之物在场。他在
《简》中写道："此刻凝神　便一生凝神 // 当一卷卷竹简堆积如山
/ 一个人坐入空溟　成石。"此刻凝神的李曙白，恍若翻阅书简寂
然如石的山僧。而这一自我镜像并非偶然的笔墨，《青灯》一诗
隐现的肖像亦是诗人的一幅自画像：

> 灯一亮　夜色
> 就满盈了
>
> 千山沉入静寂
> 沉入无始无终

　　一种古典心境被奇异地重现或再造。作为一直在大学工作
的教师，守着青灯翻阅简册的山僧显然只是诗人的自我镜像，却
也是一种故国的文化意象，似乎沉浸于西湖周围的山林与寺院，
而山僧、禅院、石阶有如深入诗人内心的古典语言与诗歌镜像。
在李曙白这里，一种避世态度仍然联结着一种关怀，在想着木槌
落下"若花之初开"之际，他说，"而大局 / 依然如谜"。在诗人
心里，这"大局"超乎尘世历史又与之密切关联。
　　李曙白的诗内有大局，而这大局体现在谜一般的微末之物
中，正如一些重大的主题隐含在童话与歌谣的风格里。他在《晚
渡》中写道：

舟子何在？
一支豆荚中
睡着小小的豌豆

醒来　醒来
煮一碗苇叶粥
青花细瓷碗
双蝶贴水飞

　　李曙白先生的诗将一种山僧般的静穆融入歌谣与童话，为
沉寂的古典世界意境平添一种孩童般的现世愉悦："嫩竹篙　点
破云水 / 渡人过河 / 渡佛上天。"将沉重如山的主题转为轻逸的
谣谚式修辞，隐含着艺术与生活的双重秘密。他这样描述《季
节：小雪》："雪花　雪花 / 提着裙子回家。""七枝桃花是我的新
娘"，这首《春天里》也犹如一支乡野谣曲。"我的河塘河水干净
/ 我的青麦地麦叶子干净 / 干净的水和干净的叶子哟 / 可是我的
岁月积满尘垢 / 可是我的谷仓积满尘垢"，即使不免带着些忧伤
的调子，依然不失其愉悦的歌谣特性。
　　似乎出于某种意志而非单纯的避世，诗人愿意让他的内心
世界停留在一个古典的时刻，在他眼里，而今的《村庄与寺院》
仍然保留着它古老的承诺：

它们在远处的山间
耀眼的金顶和寺院棕红色的院墙
土黄色的村舍和灰黑色的屋顶

那些高高低低的房宇

毗连成一片　似乎默守着

某种久远的约定……

　　草原牛群，寺院山坡，在诗人眼里依然静默如谜，"看着它们你会觉得在这尘世／神灵和我们和世间万物／各司其职　正在共同做一桩事"。或许这是一幅早已解体的和谐世界的景象，而在诗人的心智中，万物依然默守着"某种久远的约定"，依然隐现着精神世界的"大局"。可以说，李曙白诗中呈现的并非纯属客观存在的世界，而是一种世界观。在他的诗歌里，微末之物有如微物之神，万物相互映射，相互照亮。他在《花与灯》中看到万物的一致性：

在甘南的一座寺院中

上师很耐心地给我拨亮一盏灯

后来我走进草原

在一片花海中行走　我看见那盏灯

开放着　和其他的花儿

一起摇曳……

　　一个欣悦的时刻，一个生命被祝福的时刻，花就是灯，"灯—花"是一个等式，它是一个具有普遍性的万物同质性的等式：所有事物都是人神共在古老契约的一部分，是它的符号谱系中一个和谐的音节。对李曙白来说，诗歌话语就是回应隐现于当下的精神秩序，在破碎喧嚷的当下，诗就像《洞箫》声——

因为这箫声

今晚　世界被分成两部分

一部分是灯光下面

灰色的楼群　行道木　马路和急驰而去的车流

另一部分是箫声擦亮的事物

它们在空阔的暗夜中像银子一样锃亮

　　箫声有如另一种灯，它与千山里让夜色满盈的灯，甘南草原上与寺院连为一体的花灯，共同映射着一个万物和谐的世界。对李曙白而言，诗歌就是箫声，把世界分成两部分，在一个急速流逝的世界里，挽留住被诗歌话语"擦亮"的事物，让"它们在空阔的暗夜中像银子一样锃亮"，有如那是得救的部分。

　　诗人一直在寻找着那份古老契约的暗示与明证，他从深山寺院，从青灯黄卷，从自然事物，寻找着万物各司其职信守契约的证言。诗人亦在古老的遗产中辨认出它的文化符号，"伤口愈合之后　一对硕大的乳房 / 饱满了远方的夜"，他在黑陶中看到了守护的"母亲"，"黑色因此成为最温柔的颜色"，而生命的"野性在釉光中匍匐"（《黑陶·母亲》）；他在"起始于快乐　结束于痛苦"的性与"一块石头的顶端　黑色的釉光"中辨认出"父亲"，"我们在坠落中的飞翔 / 从此写入神圣的法典"（《黑陶·祖根》）；他在《制陶》工艺中勘察性与劳作的含义——

　　生长椒禾的泥土

　　生长蒹葭的泥土

　　谁让我的祖先将一抔泥土

烧化为简单的飞翔

诗人恍若在"炉火炙热"的时刻，跟制陶人一起"抚水而歌"，在诗人看来，圆润如月的陶器不只是一件器物，它也是人与神灵之间的古老缔约：生命不是孤独的，而是参与性的存在，参与泥土、水与火的陶冶；生命通过劳作享有自由，并将一种飞翔能力遗赠给后世。

在涉及性爱与劳作的自由遐想时，他的诗充满活力与欢悦。在李曙白的诗歌中，《暖房》这样充满欢乐精神的作品并不常见，却构成了话语谱系中珍贵的一环：

她和他在暖房中做爱
在蓬松的干草和薄薄的褥子上
她摊开自己　像摊开
一张没有夹带附加物的麦饼

此刻　她已经不是她自己
尘埃落下来　因为尘埃
她看到光的存在
看到光落在一些物件上
比如农具的刃和被抓握得
釉亮的木柄上　它们和她的身体
是光芒中最锃亮的部分

对暖房性事的描述犹如一首农事诗，犹如对农耕生活的追忆。她的身体像摊开的"麦饼"，一种朴素而美好得不可思议或本应如此的生命，"就像上帝让土地肥沃　庄稼饱满／让谷草柔软"。作为"灯"的重叠形象的光在这里重现：被劳作之手磨得发亮的农具和她的身体"是光芒中最锃亮的部分"。在这首诗中，如农妇身体和农具一样朴实有力的修辞，表现出李曙白作为一个诗人独异的禀赋。

在李曙白的诗歌中，古典世界的意象乃至前现代社会的生活意象均被赋予了救赎性的力量，在诗人的心念中，不唯姑苏城外的"寒山寺"，异域历史中的"雅典学院"也是精神秩序的符号。他说"那时候　一群人步入大厅／不是因为服饰和世袭的爵位"，一个业已从历史长河流逝的时刻被赋予了真理性内容，"舀一瓢水　有一千条河流可供选择"，那时候雅典学院的论辩"像在小商品市场"里"讨价还价一样理所当然"，"那时候"的心智"只臣服于真理"，因此诗人在向古典世界凝神的时刻说：

　　那时候——我愿意用余生交换那时候的
　　五分钟　甚至更短

　　为了在那条宽阔的台阶上
　　坐一小会儿　然后　永远缄默

一首《雅典学院》清晰表达了诗人心中古典世界的精神秩序，犹如深山禅院的石阶象征着另一种文化秩序一样，雅典学院那条宽阔的台阶就是此刻诗人心向往之的精神秩序的象征，与那不可能的"五分钟"相比，现在的时间似乎失去了其精神价值。

在李曙白看来，这一秩序也隐现于"乡间"，但却往往不过是在《侧身而过》的片刻：

> 回到乡间　在一座老屋中
> 坐下　谷子金黄
> 秋天在窗户外面波动
>
> 这时候还有人出门
> 渐行渐远　身影像一叶帆
> 从波浪间侧身而过

"回到乡间"隐含着某种时间的可逆性，即返回一个前现代世界的时刻，这是一个"谷子金黄"所显现的富足世界，表征着一种从容的天命观，它让人满足于"也有一些东西／其实你从来都不曾拥有"的状态。"回到乡间"意味着回到一个值得信赖的可以憩息的地方，这歇息却不是完全的停顿，而是参与季节、劳作、谷物缓慢生长的恒心。李曙白描述了一幅乡村老屋的哲学沉思图像——

> 十一月是谦卑的一月
> 一阵风过去　大地
> 像一只空水碗一样安静

（《侧身而过》）

"乡间"没有雅典学院里的激辩，没有追求真理的那种热情，然而它有着顺天应时的谦卑与安详，空而富足的面貌，在诗人看来，它仍不失为一种理想状态的精神秩序。《秋天的谷穗》再次展现了这一伦理秩序：

> 在秋天　一枚谷穗饱满时
> 所有的谷穗都饱满了
> ……
> 在秋天　一个耕种者的饥饿
> 让所有的谷穗低下头

这里是万物默守着一个"久远的约定"的重现。在农耕生活逐渐退向现代社会的边缘之际，诗人追忆着农事活动的隐秘意味，它给诗人带来沉思的契机，也带来自由的遐想。在诗人的遐想中，《收获》意味着，乡村的人们不仅从原野中采集花朵与果实，他们也从农事活动中采集自然循环论的隐喻，他们的思想在无意识中采纳生与死可逆性的隐喻。

> 当我们关闭谷仓
> 把弯下腰捡起一枝谷穗当作幸福

谷穗是食物，是消费物，但也是永恒的生命，是种子，当我们把它归还给土地，它就会复活。诗人知道这个隐喻序列，"当我们把贝壳还给大海　把水还给河流／把姓名还给父母　把一生／还给泥土和吹过草叶上的风"，这样的时刻仍然是

"收获"。

　　诗人从自然事物中寻找着生与死的隐喻，寻找着生命的不朽感和万物的意义。《葵花》就是这一精神秩序的形象之一：

　　　　一大片葵花地
　　　　一大片在牧草地和远处的山影之间的葵花地
　　　　在那些花盘拥挤着碰撞着蔓延而去的方向

　　　　太阳沉落

　　　　看上去只比一只葵花大了一点点的太阳
　　　　让葵花们在每一天
　　　　都充溢着使命感的太阳

　　　　风吹葵花
　　　　一片金色的头颅便时而昂起时而低垂
　　　　笨重地起伏着

　　　　回到一棵菊科植物
　　　　葵花们还没有做好准备

　　对生命退化为食物链上的哺乳动物，诗人也没有这样的准备。从表象看来，李曙白在诗中塑造了一种退隐式的自我和一种过去时代农事诗和乡村想象，这一形象并非单纯的避世，而是出于对生活世界失序状况的忧虑。对农事诗的颂扬缘于他看见了

《沉默的一群》，那个建造了城市的农民和小商贩的世界；他透过《雾霾中的城市》，发现"一个谎言隐藏另一个谎言／一个假象掩护另一个假象"；他《在夜行列车上远望一座城市》，思虑着"需要多深的黑暗／才能将这些影子完全掩没？"他看见那些在黑夜里"保持沉默的人已经丧失语言"，生活陷入了虚无，"能够载入历史的事件／没有一桩会在今夜发生"；而那些"宣誓"和"誓词"，令他感到"所有关于永恒的尝试／都将成为笑柄"（《所有关于永恒的尝试都将成为笑柄》）。诗人对农事诗的遐想隐含着温和的批判，他退隐式的自我预设，亦预先降低了主体的扩展所带来的生命苦痛。"风云浩荡　江山是一个太大的词／我只是／无数蝼蚁中的一只"（《我对所有排列整齐的队伍都怀有恐惧》）；由此诗人也避开了现代社会对生命的界定，他在《档案》里看见：一只蝴蝶被"隐形的针"固定，让"翅膀"距离天空"和一片草地上的野花／有不可理喻的遥远"，那根针取消了生命的飞翔意志，"当我从你的骨殖中发现那根针／金色的　像真理一样锃亮"。它们，是农事诗的反面，是人们无法挣脱的现世。

李曙白在疫情严峻的日子里看见《开往春天的死亡列车》，"这个春天我们注定无法自由地呼吸／我们的窒息／没有一台呼吸机能够缓解"。幸存让他感到内疚，"沿着湖岸沿着柳树下的小路散步是不是一种罪过／在一片虞美人花前驻足赞叹它们的美是不是一种罪过／这些白色的、橘色的、粉色的／和罂粟同属一科的花儿在月色下摇曳是不是一种罪过"（《今晚》）。

诗人在《悲伤书》中写道，如果良知已消失，"我们该为谁悲伤？"

　　　　在古老的汉语中　　悲伤是一个崇高的
　　　词语　　我已经不敢成为悲伤者

　　"为死者？"诗人问道，可他们已被迅速遗忘。诗人关切的
是死亡的伦理意义，即生与死、逝者与幸存之间的伦理关系，在
诗人看来，幸存者背负着的是一笔尚未偿还的《债》——

　　　他们替我们死了
　　　但是我们并没有
　　　替他们活着

　　无论亡故的"有多少人"，诗人确认的是，"数字一经涂涂改
改／就隐藏有生者的卑污"。在诗人充满伦理关切的目光中，逝
者"没有闭上的眼睛"，它总在"等候我们"，等候我们偿还社会
伦理的债务。
　　在李曙白心中，而今的历史世界，就像故乡《小迁河》不知
其源与流。"当我手中冰凉的竹篙／薄冰凝结又融化　融化又凝
结／像一支蜡烛　我知道这个冬天／我无法握紧自己的命运"，
他深深叹息，生命有如"一个被放逐于人世的灵魂／一个还未命
名就已经被删除的名字"，如河流中的水草，如"在水上漂泊"的
船只，不知所终。"我想起那支竹篙"如冰凌一般"在我手中融化
时彻骨的寒冷"。曾几何时，那还是"点破云水"的嫩竹篙，"渡
人过河／渡佛上天"的一支嫩竹篙。
　　诗人在忧思中尝试着以遐想超越自身，即使不能把握命运
也要去理解它的偶然性与普遍性。围绕着《河边墓地》，诗人沉

思着这一命运——

> 那时候我以为我的一生
> 将在那个称作南高桥的村子里
> 终了　我以为河边的那块墓地
> 未来会有一小块
> 属于我的隆起　就像那些
> 在我之前已经抢先占据了
> 前排座位的观众……

　　诗人写到偶然的命运使其离开了南高桥，然而生与死的结构无论何处都无法改写，如《林中》所看到的，"我们都已经接近那个神秘通道的入口"，在"一枚果实落下"，洒下"落叶和光芒"的时刻，"因为前后的差异没有相遇的两个人／他们走在同一条山路上"。由诗人的农事诗洞见，我们的生命错失的是自然的隐喻，一种与谷物、果实、落叶，与土地、河流的"孕育"能力相关的生命隐喻。这幅生与死的图像与隐喻处于诗人乡村哲思或遐想的隐秘核心。

　　诗人在《死亡是一场大雪》里反复书写着"无边无际的白"覆盖了一切，他的域外所见《新英格兰的乡村墓地》亦是这一普遍命运的形象：白色墓碑静穆地站立着，"我希望我也成为／一块安静的白色的石头"。在他的语义光谱中，白色是他心仪的"绝色"。"荣耀、财富　诽谤和嘲讽"和"陈旧债务的无穷无尽的争吵"，"一场大雪覆盖一切"——

雪地上的足印　我们的
从未消退　也从未更加清晰

李曙白诗中的遐想克服了有限性，而他诗中的沉思却在同
时深陷有限性体验，诗人描述了"比死寂还要冷酷"的遗弃状
态（《孤岛》）；唯在黑暗里写诗是诗人"独自疗伤"（《落幕》）
的个人仪式。他把这一体验付诸这样的形象："一个雕刻塑像的
人 / 在晚年雕刻墓碑"，"塑像走进纪念馆 / 墓碑在野地里站着"
（《雕刻》）。李曙白在诗篇中表达的沉思残酷而真诚，它是仁慈
和勇气的合金。我们每个人都处在"孤岛"状态，而在《虚无》袭
来的时刻，一个诗人总需要发现个人的救赎仪式：

你把梯子搬到场院中央
你喊：葵花呀，葵花！

马停止嚼草，从食槽中抬起头
飞过的鹰施舍了一根羽毛

你把梯子搬到场院中央
你不知道能攀登到哪儿

葵花生长，大片大片的金黄
鹰的羽毛还在空中飘着……

从忧思转向遐想，这首诗就像是诗人发明的某种救赎性仪

式，诗中的行为描述犹如一种法事活动场景，然而做法者仿佛已失去法力。他呼召作为某种精神力量或精神秩序的向日葵，体现自由精神的奔马和高翔的鹰，然而虚无感改变了曾经的一切。在另一首诗里，诗人似乎看到，"向南走　鹰的飞程越来越低"，"干涸的河流像一道浅浅的划痕 / 一只水罐保持着取水时的倾斜"（《南方以南》），生命的象征变成衰亡的迹象，连仰望《星空》的时刻也在失去精神效力：

> 一帖古老的方剂
> 早已经被稀释成虚空

他想到《那边》，人类一种普遍的命运。面对必然性的沉思是凝重的，诗人适时地转向自由的遐想，"当帆从云影的合围中醒来 / 当花瓣在重新集结时醒来"——

> 一个国王的梦是建造两座桥
> 一座通往彼岸
> 另外一座
> 保证他从彼岸回来

（《醒来》）

诗人就是那位国王吗？就像童话中一样，这样的国王需要能工巧匠，可是，诗人心中若有一位失去法力的巫师，他说：

"风带走了道路。//一个盲眼人坐在风中，他说，风带走了声音。"(《风过原野》)此刻的寒冷、暮色是一种经验也是一个隐喻，山中的"寂静与寒冷"扩展着，一切生灵渐渐"融入暮色"，而"石壁前的老人　渐渐/沉入那块石头"(《石壁前的老人》)。在深陷有限性体验之际，诗人的生命中出现了众多的文化角色，他们从各自的传统中汲取其精神功能，借助自由意志的遐想，以抵御"来自我们体内积蓄已久的/对于寒冷的恐惧"(《大寒》)。

　　进入暮年的诗人拥有了转换多重角色、多重自我的内在力量，他也乐于用出自切身之痛的修辞，以使关于生命的沉思发生遐想的转义，"告别那个短暂的陌生的角色/你匆匆走出剧院"(《落幕》)，对生命的意义而言，"剧院"比医院更为内在；在《一粒子弹》里，诗人把病痛理解为一种普遍性经验，把病灶和痼疾视为射进体内的子弹："一粒子弹　当它击中我时　我曾经希望/它能够更加迅捷地到达它试图到达的地点/如今我已经麻木　隐隐的疼痛感和它存在的阴影"，就像是一个寓言，"我更害怕一粒子弹从原路退出时的痛"。可贵的生命勇气一直伴随着诗人：

　　月亮寂静的刀
　　切割大荒原

　　每一次手术
　　都有完美无瑕的伤口

　　我们才得以从创痛

进入审美

（《车行科罗拉多高原》）

　　我愿意沉吟诗人的这些生命之歌，分享他在痛苦中结晶的智慧：生命并不完美，但每次手术都有"完美无瑕的伤口"，它让我们"从创痛进入审美"。自由意志的遐想真切地融进生命的忧思，在这些诗篇里，他沉思着什么是《存在》，"一个人因为另外一个人的生而死去"，他确信，应该区分活着和存在："生者活着／但是死者存在。"存在的信念并非基于经验的验证，而是绝境中的信心："在一块岩石上面种草的人／他更相信石头内部的绿。"李曙白诗歌的可贵之处在于，让真诚的沉思中有自由遐想的一席之地，并处在生命沉思的核心。

　　在存在的时刻，在病痛的时刻，诗人意识到连暮色与寒冷的感受亦是不可剥夺的经验主权，黑夜的体验被诗人赋予一种主权，即"我的夜"——

　　　一个秘密来到我们中间的使者
　　　我已经不需要弄清楚她带来了什么

（《夜晚的绣球花》）

　　更多的诗歌瞬间出现在夜晚，夜的隐喻不只是"寒冷的恐

377

惧"，夜带来久违的启迪，夜是自由遐思的时刻，他这样书写着《斯夜》——

　　让夜回到黑暗　让穿过我们的河流
　　只有古老的星辰流淌　让我们仰望夜空时
　　对那些神秘的谶语保持敬畏与虔诚

　　在仰望夜空的时刻，每个人都会听懂星辰的语言，有限的生命是与宇宙的无限性密切相关的，由此诗人感觉到，"在没有灯的晚上／唯一的门朝向我们打开"。固然在某些时刻，生命的愿望与顽强的意志也会受到挑战，"一个曾经为必须寻找火种的人／现在正在试图吹灭大地上的灯"（《必须》）。但不论李曙白在诗歌中表现出虚无还是确信，是痛苦的忧思还是自由的遐想，他的诗篇都透出可贵的真诚，吟诵他的诗带给人的是仁爱与勇气。而诗人就是那位《提灯的人》，他曾点燃甘南草原上的《花与灯》，点燃让夜色满盈的《青灯》，他点燃的是语言之灯，他为我们迎来的是自由遐思中被诗歌祝福的曙白：

　　夜色黝暗　我们看不见提灯的人
　　只看见一盏移动的灯

　　提灯的人和更加黝暗的山岗连成一体
　　和村庄与麦地连成一体
　　和一座石桥以及它的历史连成一体

提灯的人来自夜

他知道即使已经有一盏灯

他还是夜的一部分

他用这一盏灯

为夜实施剖腹产

耿占春

2022 年 3 月

（原载《诗建设》2022 年第二卷，总第 32 期）

翔飞的匕首

——读《李曙白诗选》

刚出的《李曙白诗选》，不太厚。拜读过后，却觉得有点沉。不禁喟然：李曙白是当今中国诗坛的一位具高识别度的优秀诗人。

李曙白 20 世纪 70 年代开始写诗，至今已 50 年，出过《穿过雨季》《大野》《夜行列车》《沉默与智慧》《临水报告厅》五本诗集，这本诗选分"悲伤书""大泽""侧身而过"三集，150 余首，大都是短制，只几首稍长的，亦不到百行。取胜者多为翔飞的匕首。

翻开第一首《提灯的人》：

> 夜色黝暗　我们看不见提灯的人
> 只看见一盏移动的灯
>
> 提灯的人和更加黝暗的山岗连成一体
> 和村庄与麦地连成一体
> 和一座石桥以及它的历史连成一体
>
> 提灯的人来自夜
> 他知道即使已经有一盏灯
> 他还是夜的一部分

> 他用这一盏灯
>
> 为夜实施剖腹产

　　这首诗写某种曾经的历史，而以沉思取胜，它沉入历史的本质本体。尤以末二节意象新鲜而深刻，有如闪光而尖利的匕首，却以诗的意味翔飞。而《所有关于永恒的尝试都将成为笑柄》：

> 在鸟都不愿意降落的树林中
>
> 一盏灯挂在最高的那棵树上
>
> 宣誓忠诚的人带走最后的一枚硬币之后
>
> 大雨就落下
>
> 大雨像誓词一样不可阻挡
>
> 没有什么不同　　这个季节
>
> 和已经过去的季节　　所有关于永恒的尝试
>
> 都将成为笑柄

　　也说到"一盏灯"，却已"挂在最高的那棵树上"，且"在鸟都不愿意降落的树林中"。更严重的是"宣誓忠诚的人带走最后的一枚硬币"，于是就有了末五行的一切，而这一切许多人都似曾相识，皆欲哭无泪。于是又有了《沉默》：

> 只是因为怯懦者的怯懦

只是因为谄媚者的谄媚

一把锤子敲碎了石块

碎片四散纷飞　大概也只有沉默

能够让它们在烦嚣的尘世中

彼此相认

　　是呀，沉默者的主因，的确不是"谄媚"，便是"怯懦"。既"纷飞"的石片，也除了"沉默"还是"沉默"。但诗人希望这"沉默"的大众，能够彼此相认，更从沉默中爆发。

　　沉思的诗人在沉默中的思索向两个维度挺进：一是向更现实的形象形态。如《银杏树》：

那个夏天发生了两件事

一件事是女校长游街

她被剃了阴阳头　由一群学生押着

双手绑在身后　弯着腰

一个男生牵着捆她的绳子

像牵着一条狗

年轻漂亮的女校长

学生们的目光一旦在她身上停留

就不肯离开的女校长

那个下午突然老了　突然

一头白发　另外一件事

是学校的一棵银杏树

那么高那么高　据说已经有一千多年
伸展的枝叶的浓荫
几乎遮蔽了整座校园的银杏树
被锯了　木料做成课桌课椅

　　这首极巧妙的好诗，竟好到让人看不出半点巧妙。两件千真万确的史事，皆为史无前例。"女校长游街"，砍"一千多年""银杏树""做成课桌课椅"。在那个史无前例的岁月，前者或能让某些人开心，觉得搞笑；后者恐怕根本不曾引人注意，或者个别人看到了还会赞许"废物利用"。而在整整半个世纪以后，诗人极巧妙地不动声色地将这两则真切的典型事件特地并列呈现出来，真是翔飞的匕首，深深地绝命地刺进中华民族、中国文化、中国人的纯洁高贵的良心。
　　二是向虚化而抽象的深处思索，例如《林中》：

一枚果实落下　落叶和光芒
同样照耀树荫中的路　看林人的木屋
孤独地守望渐渐远去的寂静

因为前后的差异没有相遇的两个人
他们走在同一条山路上

　　初看，此诗写的是某种实境实况。再看，非也，所有境况皆为虚构，虚化，世间无有可实指的时地、人物、景况。再思，则或有社会历史的真实性，乃发人深思寻味。再如，《石壁前的老人》：

　　他坐在石壁前

　　大山里的黄昏
　　寂静与寒冷
　　从每一道石缝中溢出
　　树与树的距离
　　越来越远

　　一只鸟耐不住孤独
　　高高飞起的影子
　　只舞动了一小会儿
　　便融入暮色

　　石壁前的老人　　渐渐
　　沉入那块石头

　　前两节，行行是实的，只是"树与树的距离"，怎么会"越来越远"，教人纳闷。第三节，鸟舞入暮色，便费人推敲，鸟是实有，还是某种象征？此景是实有，还是某种象征与虚化？终于，最末一节，则纯然是超现实的虚构。于是，全诗皆超现实地虚化飘动起来，乃引人入胜。
　　曙白的诗多精短，却颇大气。请看《大泽》：

藏蛰龙之大泽

藏虫蚖之大泽

清可濯目之大泽

浊可清心之大泽

我掬大泽之水

五千年的星辰

从指缝间滑落

　　三节七行，先说泽，再说泽之用，更归结到五千年历史的深长慨叹。诗人笔力几可扛鼎拔山。再看《孤旅》：

鹰的翅膀掠过之后

天空就更加旷远了

一生旅行的人勒马于黄昏

他在倾听

另外一匹马的蹄声

　　仅两节五行。先是境界，再吐心声。驰骋大野之孤独者，渴求无望的共鸣，何等迫切！大气而精深的短诗，则发于善沉思而富想象的诗人之旷阔胸怀。

　　末后再看一首不太短的吧，《深夜的马》：

正如我所预料的那样
一匹马　一匹枣红马
在午夜平静地出现

为一些必须在晚间办理的事
我正在城市的腹部行走
一抬头就看见了马　枣红马
它从暗处　从楼群的阴影中
迈着碎步走到灯光下面

就这样在寂静的长街
一匹马依偎着我
它的头颅在我胸前磨蹭
它呼出的热气喷吐在我的脸上
它光滑柔顺的鬃毛
在我的手掌下面轻轻滑过

我不知道它来自何处
也不知道它为何与我这样亲近
枣红马　深夜的枣红马
我还要赶自己的路程
即使是如此英俊的马
我也不能为你逗留太久
在下一个路口回头
我看见长街空旷寂寥

没有马　在路灯的照射下
甚至没有一个活动的影子
只是在灯光照不见的深处
我始终无法看清
是什么在幽暗中牟动

这首诗算是将近30行了。讲了在城市中深夜里"我"与枣红马的偶遇。是实是虚呢？马与人的"亲近"如此真切细腻。但"我还要赶自己的路程"而不得不丢下马，于是便出现了最后一节的景况，扑朔迷离，似实而幻，顿时将全诗通体虚化，乃引人深思：何以如此，为了什么？读者皆可见仁见智，而臻于"此中有真意，欲辨已忘言"的境界。

好了，对《李曙白诗选》做了速写式的走马观花，但愿在总体精神上只是缩微，并未大走样。那么，我们或可首肯开头那个喟然：李曙白是当今诗坛的一位具高识别度的优秀诗人。谓余不信，不妨亲自去验证一番。

洪　迪

2022年5月12日于旧台州府治临海龙颔三尖鸟巢

（此文刊于《浙江作家》2022年第6期）

洪迪先生于2023年3月22日答复编者有关此篇文章和《玉盘珍珠　无声有声——读李曙白诗集〈夜行列车〉〈沉默与智慧〉》的文字如下：

我与曙白兄的文字之交，缘于楼奕林张罗出版的"鹅卵石诗丛"。她组织了五人的五本诗集，其中有曙白的《临水报告厅》，有我的《存在之轻》。另外的楼奕林、张德强、伊甸都是我的老熟人，只有曙白兄不熟，且始终缘悭一面。但分到我和他互相校对。奕林又组织了五谷微信群。这样我俩就相熟了五六年。于是曙白就先赠我前二本，我欣然拜读，觉得好，便草了上篇手写稿寄他，他去发了。后来他病了，托学生寄我。我拜读后又寄出发了。可惜《浙江作家》发出时他已看不到了，成了对他的深切悼念！但曙白的确是当今中国诗坛的一位具高识别度的优秀诗人。他的诗是会留下来的！

被诗歌之光照耀着

（代后记）

　　每个人的生命之中，或许都会被一束光照亮，对曙白而言，上苍赠予的那一束光，就是诗歌。

　　我敬爱的先生李曙白，出生于1949年4月，江苏如皋人。1968年高中毕业后插队农村8年，其间担任小学代课教师和民办教师近两年。1976年回城后在南通市铜材厂做车工学徒。1977年参加"文革"后第一届高考，就读浙江大学化工系七七级，1982年1月毕业后留校，先后在校团委、校报编辑部、电教新闻中心，从事过编辑、教育电视编导、校史编写与研究等工作，系中国作家协会会员。即便2009年退休了，他依然笔耕不辍，主持或参与编撰与浙大校史相关的图书多种。

　　曙白的父亲、国内著名诗人沙白（曾任《萌芽》编辑）启蒙了曙白对文学尤其是诗歌的热爱。我初中时抄写过沙白的著名诗作《大江东去》，在与曙白结婚数年后，一次搬家整理东西时偶然发现，至今还记得当时的惊喜之情。

　　曙白自20世纪70年代于农村插队期间就开始写诗并发表。8年漫长艰辛的农作，又被"家庭出身不好"熄灭了人生希望的曙白，曾经对我说，"是诗歌让我没有堕落"。可惜这失去的12年（加上务工4年）是天生聪慧的曙白最最宝贵的青春年华，不仅如江水空流，影响了他的人生选择，也在他的文学作品中隐约留下了阴影。

曙白和我均因参加首届高考,从知青"一步登天"被录取入大学七七级。经历了十年"文革"的动乱和农村插队的打磨,我们在大学如饥似渴地学习各种知识。记得曙白曾经说过,他高考时本来中意于南京大学中文系,可惜南京大学中文系七七级未招生。又因喜欢数学,曾想报考浙大数学系,亦因当时认为"老三届"年龄偏大难有建树被婉拒。于是,曙白就读了浙大化工系(他舅舅亦毕业于该系)。

紧张忙碌的学习压力,难挡他诗歌的灵感频频——"我越是要考试,诗歌的灵感就越多",常听曙白笑呵呵地回忆。浙大朴素的"求是"校风如春风浩荡,助青年学子们意气风发、各展才华。学生时代,曙白任学生刊物《求是园》的编辑,兼任诗歌组组长。留校之后,曙白主持《浙江大学报》文艺副刊,吸引了热爱文学和诗歌的各届同学在此发表作品,挥洒青春的激情,也使曙白结缘了热爱诗歌的各届校友,彼此分享着诗歌创作的成果与快乐。

工作之余,曙白涉猎各种图书,研读古典诗词及国内外现当代诗人的诗作、诗歌评论等,思考并一直创作着。家里到处都是小纸片,他用娟秀而潦草的字迹写下了他的创作灵感、读后感、创作计划等。曙白(偶用笔名黎庶、江犁等)于20世纪70年代即在十余种报刊上发表诗歌、散文诗、短篇小说、诗歌评论、国外诗歌翻译等千余篇,如《诗刊》《星星》《诗潮》《散文诗世界》《扬子江诗刊》《绿风》《萌芽》《江南》《东海》《西湖》《诗建设》等。至今已出版个人诗集《穿过雨季》(1995年)、《大野》(2004年)、《夜行列车》(2014年)、《沉默与智慧》(2018年)、《临水报告厅》(2018年)5种,以及其他作品集5种。曙白提起诗歌总是眼睛发亮，"写一首诗可以高兴好几次，写完诗时，寄出稿子时，诗歌发表时，出集子时，获奖时"，洋溢着孩童般的纯真的喜悦。

曙白的诗作入选 20 余种选集，作品获多种奖项，如其立意反思"文革"的诗歌《山、谣曲及其他》获得 1984 年度《萌芽》年度作品奖和首届杭州市文学奖；诗集《沉默与智慧》获 2018—2020 年浙江省优秀文学作品奖。曙白的《在餐桌上说起小平》，首发于《诗刊》（2004 年第 15 期），又被选编入《中国出了个邓小平——纪念邓小平百年诞辰诗歌摄影集》和《跨越：纪念中国改革开放三十年诗选 1978—2008》，并在 2004—2010 年三次成为如"小平，你好——纪念邓小平诞辰 100 周年大型文艺晚会"等的朗诵节目。

曙白退休之后，诗歌更加成为他生活的重中之重，他几乎每天都在为诗歌忙碌着。2010 年起曙白参与创办杭州民刊《诗建设》（季刊），任首任社长。编辑部兼职人员有胡澄、泉子、胡人、江离、飞廉等，都是一些才华横溢、和善帅气的年轻诗人，个个都有诗作和诗集问世。他们共同创办栏目，编辑刊物，一般每个月聚会一次，选定、编辑好来稿，就会到周边用餐，相处无比融洽。曙白还负责杂志社的财务，总见他发稿费并一笔一笔仔细地记账。《诗建设》自创刊至今已 13 个年头，得到了诗歌界很高的评价。杂志的出品人、诗人黄纪云先生不仅亲自规划杂志的办刊方向，同时一直源源不断地为刊物的发展提供着资金等物质保障，坚持至今，实属不易。《诗建设》还组织了多项具有影响力的活动，包括设立《诗建设》诗歌奖，并于 2013 年和 2016 年分别将主奖颁给了诗人张曙光和多多，在诗歌界获得了极好的声誉和口碑。

　　曙白重病期间承蒙《诗建设》同人来家探望。曙白因癌症离世尚未满月，即承蒙黄纪云先生和《诗建设》同人操持，邀请了诗人、学者、画家及曙白的校友和朋友们40余人，在杭州君悦酒店举行了"穿过黑夜——李曙白诗歌朗诵会"（2022年8月22日）。朗诵会由泉子主持，未能到场的唐晓渡老师、耿占春老师远程致辞，朋友们朗诵了自己的诗作或曙白的诗作，真诚地缅怀曙白。大家对曙白辞世的痛惜，不仅使当时身陷悲伤的我深感温暖和慰藉，还使女儿李燕南（留美哲学博士）心灵大受震撼，萌发诗意，于次日凌晨写下了人生最初的3首诗，其中一首写道："每个人的死亡都是一个谜／谜底是生者心头的锁／他爱过我吗？／他是否还有遗憾？／如果当初这么做，结局是否有所不同？／那些沉重的墓碑和骨灰盒／没有解答的义务／／死亡，是我们留给所爱之人的／最后一场恶作剧。"（《死亡是一个谜——赠沈苇兄》）时隔不久，《诗建设》2022年第二卷做了纪念专号，在开卷发表了"李曙白的诗"23首和相关诗歌评论《穿过黑夜——读李曙白的诗》（耿占春）、《倾听意义的意志——李曙白诗歌读札》（纳兰）。以上种种，令我和女儿不胜感激、永铭于心。

　　曙白还应校友之邀，以逾70岁的"高龄"，主持了某自媒体专栏"一日一诗"近五年（2016年1月5日至2020年11月17日），使其逐渐集聚了诸多海内外诗人和诗歌爱好者们，影响力日益扩增，单日阅读量最高时达12.5万人次。曙白为专栏呕心沥血、终日辛劳，其工作量之大，常人难以想象：如需每天约稿、收稿、审稿并与作者沟通改稿（包括诗歌和诗评），与投稿落选者好言沟通。他时不时地看着微信，关注着庞大的作者群的来稿或读者群的反应。尤其每逢周五要递交下一周的诗稿去朗读配音的前夕，必定看见曙白夜深人静仍伏案写作，我屡屡催他休息，问他在写什么，他总是略带歉意地告诉我，因某入选诗作缺乏诗评，时间紧，已来不及请他人写，只好自己代笔了。就连出国旅游，也必定提前将旅游期间要发表的诗稿赶出来寄走。曙白病逝后，我打开他的"一日一诗"稿件，逐篇看去。一般"一日一诗"为示尊重并帮助扩大作者影响力，每首诗歌均附诗作者与诗评作者的介绍；但其中未附任何介绍的诗评者名字（疑是曙白化名），我粗略统计，仅 2018 年就有近 50 个（如其中署名亦铭者写的诗评达 23 篇；另有署名为蓝田、青溪、白沙等，与浙江大学紫金港校区的学园名称一致，猜想也是曙白的化名）。我因担心过劳损害他的身体健康，曾经多次委婉地劝他歇手别干了。曙白在 2020 年 11 月 6 日首次大手术（浙一医院院长称手术难度排医院第二），准备的诗稿竟然至 11 月 17 日！曙白几乎用自己的生命，为诗歌和他人燃烧着，令我每每想起他因周期性地深夜在电脑前伏案忙碌而日益消瘦的身影，禁不住内心痛楚涌动、轻轻叹息。

"一日一诗"也使曙白常常感到"有诗自远方来，不亦乐乎"，结识了不少挚爱诗歌或喜爱曙白作品的朋友。曙白乃谦谦君子，宅心仁厚，尤其重视提携打工者和少数民族的诗人们，帮助他们借创作诗歌发出自己的声音，增添生命的喜悦。"一日一诗"的作者和读者还远至海外华人群。在听闻曙白离世的消息之后，由居住海外的天端女士和杨景荣先生主持编辑了《向死而生——当代全球诗人诗集第十四集（悼念诗人李曙白专辑）》，"本期汇集了七十余位诗人，朗诵者的诗歌八十余首。本期特辑表达我们对诗人李曙白深深的敬意和哀悼"。天端女士还为曙白告别会发来挽联——"才华绚曙光　诗魂洁白云"（随伴《远方的诗》海内外三百余位诗友诵友签名录），令我当时热泪盈眶！许多自媒体还纷纷致辞并发表曙白的组诗，表达了对曙白的深切怀念。我及女儿谨在此向曙白的诗友诵友们致以深深的感谢！

曙白重病之后，上苍借诗歌赐予他的那束光的能量更加强大了。从他首次手术至离世的 20 个月中（2020 年 11 月至 2022 年 7 月），在两次手术、两次化疗、每周数次奔赴医院做生化检测并配药的间隙，曙白以顽强的意志忍受着病痛的残酷折磨，但他的诗歌创作力旺盛，创作新诗达 269 首，还修改了不少作品，厘清了他一本新文集、两本新诗集的框架和选稿。虽然渐渐临近生命的终点，心灵却充盈、宁静，充满喜乐和盼望。他新创作的诗歌变得日益温暖而明亮。为曙白整理诗稿出版时，他的新诗使我一读再读，不忍释手，创痛渐减，深深获得慰藉，仿佛曙白没有离去，依然陪伴在我身旁温暖着我。每当我走入曙白取名的紫金港校区和启真湖边，触景生情，总会仰头望向天空，寻找着曙白的目光。

曙白虽然辞世了，但我深深地感谢浙大任少波书记一直给予我们夫妇的关怀与帮助。非常感谢浙一医院梁廷波书记，杨云梅、张勤、赵晓红三位主任和夏春英大夫，感谢你们的精心治疗延长了曙白的生命。我还由衷地感谢曙白重病期间前来陪护或探望、代祷，以及冒着酷暑前来参加告别会的曙白的同学们、校友们、同事们和朋友们，你们对曙白的深情厚谊令我和女儿感激不尽、永铭在心。

　　本次出版的"李曙白集"由《大野》《窄门》《场所》三卷组成，前两卷为诗集，后一卷为文集。很多人为曙白三卷本的出版提供了帮助，我在此向他们表达诚挚的谢意。

　　首先我要感谢曙白的学生马越波和郑勇，在我先生去世之际，于繁忙之中伸出援手相助，以他们的经验，精益求精地编辑了曙白的文集和诗集；而且还耐心地等待，同时又小心翼翼地推动着我从丧夫之痛的抑郁、焦虑之中解脱出来，投入编书任务之中，保证了出书的进度。与曙白诗稿的终日相伴，使我心灵得以滋养复苏。非常感谢他们的耐心、理解和帮助，以及他们付出的时间与精力。

　　我非常感谢刘东先生特意为诗集写了序《我从曙白诗中读到的》。也非常感谢唐晓渡先生、洪迪先生、耿占春先生等同意将他们精彩的诗评《一代人的写作和李曙白的诗》《玉盘珍珠　无声有声——读李曙白诗集〈夜行列车〉〈沉默与智慧〉》《穿过黑夜——读李曙白的诗》《翔飞的匕首——读〈李曙白诗选〉》收入本次诗集。

　　非常感谢那些补充资料及阅读后提出改进意见的人，如吕梦醒、泉子、胡人、江离、王雯雯等等。我尤其感谢卢绍庆老师，提供了很多为曙白拍摄的传神的照片。

　　非常感谢浙江大学出版社褚超孚社长、闻晓虹编辑、杨利军主任为"李曙白集"的出版提供的很多帮助，能够在母校出版社出版曙白的作品集真是令人欣喜。

　　衷心感谢浙江大学学生新闻社（浙大校刊记者）83级至91级学生王敏、宣兴茂、褚晓云、杨文安、陈文旭、齐守峰、郑勇、马越波给予"李曙白集"出版的资助，他们和曙白的师生情谊永不消失。

　　我还要感谢我的父母亲，感谢他们对曙白的爱和对此次出书事务繁忙的理解。因为我和父母均在 2022 年 12 月中旬感染新冠病毒，93 岁的老父亲从此病重卧床不起，我自己也在 1 月初因病毒攻袭心脏而住院治疗。若非父母时时支持，给我时间与精力，我委实难以投入相关事务。

　　我亲爱的女儿在爸爸首次癌症手术时及时赶了回来，一边陪伴爸爸一边远程工作，将近 6 个月才依依不舍地离去。又在爸爸最需要她时再次赶回国陪护和送行。曙白生病期间，女儿还协助我到处发函联系美国的医生，为爸爸努力寻找最新最好的医疗方案，替我分忧解难，使我每每想起，眼角就泛起了泪花。此次"李曙白集"三卷封面的素描，亦系女儿用 AI 软件设计制作。

　　生命从来都是息息不止的，我感恩上苍将诗歌之光赐予了曙白，使曙白度过了心灵充盈的一生，能够自由自在地用"我笔写我心"。正如女儿所言，"只要爸爸的诗歌被人传颂，爸爸就鲜活着"。

李　影

2023 年 8 月 17 日

编后记

受李曙白师的生前委托，在师母李影女士的指导下，我和郑勇分别编定了"李曙白集"的诗集《大野》《窄门》和文集《场所》，现就诗集的编辑情况说明如下。

诗集《大野》前五辑完全按照曙白师2021年11月整理编定的稿件。曙白师写于2021年11月前且未自选编入两本诗集的作品，我与师母讨论选择36首，编定"补遗"两辑，放在《大野》最后。

诗集《窄门》前十辑完全按照曙白师2021年11月整理编定的稿件。曙白师写于2021年11月后的作品，大部分保留在2021年10月至2022年3月每月一份的电脑文档里，这些后期作品都未自选编入两本诗集。我与师母讨论选择18首，编定"补遗"一辑，放在《窄门》最后。

诗集《大野》的编校，主要按已出版的五种诗集，仅修改曙白师定稿中由于输入法造成的几个错字。诗集《窄门》的编校，主要由编者通读，并参照《李曙白诗选》（吕梦醒编选）。

2022年7月，曙白师离去前一周，我们视频连线，李老师说"再见了"，我看着他说不出话，嘟囔了一句我们以后再见，我不知道他是否听到。我们彼此望着，他的眼角渗出泪来。

这套诗文集的编辑出版，我和郑勇虽战战兢兢，想努力做好，可我知道自己才疏学浅，且大半年来世事变幻，终不能静心相待，不当之处，望读者指正。

　　又，两本诗集中序和附录的选用，基于曙白师生前愿望以及我和郑勇、师母三人的商议。诗集前面的照片均由师母选定。

马越波

2023 年春分